名家经典文库。

望舒作品精选

戴望舒 著

云南出版集团
云南人民出版社

图书在版编目（CIP）数据

戴望舒作品精选 / 戴望舒著. -- 昆明：云南人民出版社，2019.7
ISBN 978-7-222-18454-1

Ⅰ.①戴… Ⅱ.①戴… Ⅲ.①中国文学—现代文学—作品综合集 Ⅳ.①I216.2

中国版本图书馆CIP数据核字（2019）第136532号

项目策划：杨　森
责任编辑：朱　颖
装帧设计：何洁薇
责任校对：范晓芬
责任印制：李寒东

戴望舒作品精选

戴望舒　著

出版	云南出版集团　云南人民出版社
发行	云南人民出版社
社址	昆明市环城西路609号
邮编	650034
网址	www.ynpph.con.cn
E-mail	ynrms@sina.com
开本	710mm×1000mm　1/16
印张	16
字数	230千
版次	2019年7月第1版第1次印刷
印刷	华睿林（天津）印刷有限公司
书号	ISBN 978-7-222-18454-1
定价	49.80元

如需购买图书、反馈意见，请与我社联系
总编室：0871-64109126　发行部：0871-64108507　审校部：0871-64164626　印制部：0871-64191534
版权所有　侵权必究　印装差错　负责调换

云南人民出版社微信公众号

前　言

　　20世纪的中国文坛名家辈出，他们借着"诗界革命""文学革命"的推动，从"五四新文学革命"前后发轫，以白话文学为主导，以思想启蒙为目标，奠定了至今一个多世纪的中国文学的主体形态。

　　在那样一个社会剧烈动荡、思想文化狂飙突进的年代，众多的文学名家展现出无与伦比、令人惊叹的才情。说到"才"，主要指他们创作中的才华。中国白话文学创作在发端后的短短几十年时间里，诗歌、小说、散文、杂文、戏剧，每一个文学领域都有突破，都有传之后世的经典作品出现，而每一个领域又都涌现出众多的代表性人物。说到"情"，文学前辈们对于国家、民族、民众的挚爱，对于乡土、亲人的眷恋，都通过他们笔下的文字传神地表达出来。"才"和"情"的历史际遇性的统一，是20世纪文学历史上一个突出的特点，也是我们得以继承的宝贵的文学遗产和思想财富。

　　我们从这众多的文坛名家里首选尤以才情著称的十七位，精选他们的代表性作品，编辑了"现代名家经典文库"。这十七位才情名家分别是戴望舒、胡也频、林徽因、刘半农、庐隐、鲁彦、柔石、石评梅、苏曼殊、闻一多、萧红、徐志摩、许地山、郁达夫、郑振铎、朱湘、朱自清。

　　选取他们，不仅因为他们的过人才华在文坛上的地位和影响，也因为他们每个人的经历和作品都充满了耐人寻味的"情"的因素，使我们久久品读而不能忘怀。但令人惋惜的是，他们中大多数人的生命之花刚刚绽放便过早地凋零了——石评梅逝世于1928年，时年26岁；胡也频逝世于1931年，时年28岁；柔石逝世于1931年，时年29岁；萧红逝世于1942年，时年31岁；徐志摩逝世于1931年，时年34岁……

  在阅读他们作品的时候，我们不禁想到，如果他们的生命不是这样短暂，他们又会有多少经典的作品流传下来，又会给我们增添多少精神上的财富。

  这套丛书只能说是20世纪中国文学史的一个小小的侧面和缩影，因为篇幅的限制，所选取的也只能是每位名家的少量代表性作品，难免挂一漏万，同时，在保留原作品风貌的基础上，我们按照通行标准对原作的部分文字和标点符号进行了修订和统一。

  他们的生命虽然短暂，
但他们才华横溢、激情四射，
如历史夜空中一颗颗璀璨的流星；
那一个个令人久久不能忘记的名字，
让我们常常追忆那远去的才情年华……

编　者
2019年7月

目 录

戴望舒简介·· 1

诗 歌

夕阳下·· 3
夜 蛾·· 4
古神祠前·· 5
秋夜思·· 7
八重子·· 8
在天晴了的时候·· 9
致萤火··· 10
赠克木··· 12
夜行者··· 14
眼··· 15
乐园鸟··· 17
十四行··· 18
断 指··· 19
我底记忆··· 21
游子谣··· 23
狱中题壁··· 24
我用残损的手掌··· 25
过旧居··· 27
雨 巷··· 30
印 象··· 32

烦　忧	33
秋天的梦	34
偶　成	35
我思想	36
微　笑	37
忧　郁	38
秋　天	39
夜　是	40
寻梦者	41
我的恋人	43
我的素描	44
闻曼陀铃	45
老之将至	46
独自的时候	47
见毋忘我花	48
古意答客问	49
深闭的园子	50
寒风中闻雀声	51
流浪人的夜歌	52
对于天的怀乡病	53
凝泪出门	54
路上的小语	55
林下的小语	56
残花的泪	57
残叶之歌	59
祭　日	60
百合子	62
生　涯	63
不要这样盈盈地相看	65

等待（一）	66
等待（二）	67
示长女	69
我们的小母亲	71
昨　晚	73

译　诗

信天翁	77
高　举	78
应　和	79
人和海	80
美	81
异国的芬芳	82
赠你这几行诗	83
黄昏的和谐	84
邀　旅	85
秋　歌	87
枭　鸟	89
音　乐	90
快乐的死者	91
裂　钟	92
烦闷（一）	93
烦闷（二）	95
发	97
山　楂	99
冬　青	101
雾	102
雪	104
死　叶	105

河	106
一只狼	108
勇　气	109
自　由	111
蠢而恶	115
战时情诗七章	117
水呀你到哪儿去	123
三河小谣	124
村　庄	126
吉他琴	127
梦游人谣	129
蔷薇小曲	133

译文：爱经

第一卷	137
第二卷	166
第三卷	192

散　文

记马德里的书市	223
香港的旧书市	227
巴黎的书摊	231
山居杂缀	237
在一个边境的站上	240

戴望舒简介

戴望舒（1905~1950），中国现代著名诗人，笔名有戴梦鸥、江恩、艾昂甫等。

1923年，考入上海大学文学系。

1925年，转入震旦大学法文班。

1926年，同施蛰存、杜衡创办《璎珞》旬刊，在创刊号上发表处女诗作《凝泪出门》和译魏尔伦的诗。

1928年，与施蛰存、杜衡、冯雪蜂一起创办《文学工场》。

1929年4月，第一本诗集《我的记忆》出版，其中《雨巷》成为传诵一时的名作，他因此被称为"雨巷诗人"。

1932年，参加施蛰存主编的《现代》杂志的编辑工作。11月初赴法留学，入里昂中法大学。1935年春回国。

1936年10月，与卞之琳、孙大雨、梁宗岱、冯至等创办《新诗》月刊。抗战爆发后，在香港主编《大公报》文艺副刊，发起出版《耕耘》杂志。

1938年春，在香港主编《星岛日报·星岛》副刊。

1939年和艾青主编《顶点》。

1941年底被捕入狱。在狱中写下了《狱中题壁》《我用残损的手掌》《心愿》《等待》等诗篇。

1949年6月，在北平出席了中华文学艺术工作代表大会。

1950年在北京病逝。

戴望舒因为其风格独特的诗作被人称为现代诗派的"诗

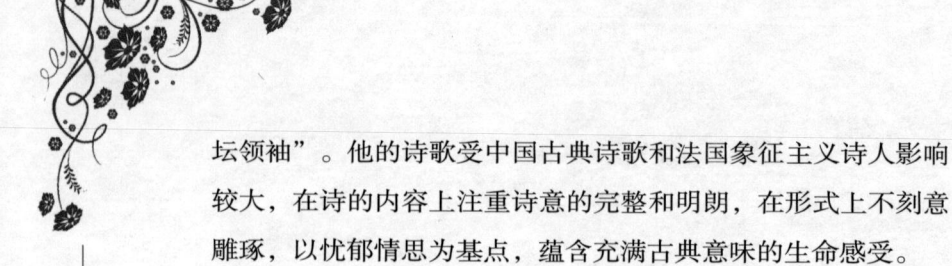

坛领袖"。他的诗歌受中国古典诗歌和法国象征主义诗人影响较大,在诗的内容上注重诗意的完整和明朗,在形式上不刻意雕琢,以忧郁情思为基点,蕴含充满古典意味的生命感受。

诗歌

夕阳下

晚云在暮天上撒锦，
溪水在残日里流金；
我瘦长的影子飘在地上，
像山间古树的寂寞的幽灵。

远山啼哭得紫了，
哀悼着白日底长终；
落叶却飞舞欢迎
幽夜的衣角，那一片清风。

荒冢里流出幽古的芬芳，
在老树枝头把蝙蝠迷上，
它们缠绵琐细的私语
在晚烟中低低地回荡。

幽夜偷偷地从天末归来，
我独自还恋恋地徘徊；
在这寂寞的心间，我是
消隐了忧愁，消隐了欢快。

夜 蛾

绕着蜡烛的圆光,
夜蛾作可怜的循环舞,
这些众香国的谪仙不想起
已死的虫,未死的叶。

说这是小睡中的亲人,
飞越关山,飞越云树,
来慰藉我们的不幸,
或者是怀念我们的死者,
被记忆所逼,离开了寂寂的夜台来。

我却明白它们就是我自己,
因为它们用彩色的大绒翅
遮覆住我的影子,
让它留在幽暗里。
这只是为了一念,不是梦,
就像那一天我化成凤。

古神祠前

古神祠前逝去的
暗暗的水上,
印着我多少的
思量底轻轻的脚迹,
比长脚的水蜘蛛,
更轻更快的脚迹。

从苍翠的槐树叶上,
它轻轻地跃到
饱和了古愁的钟声的水上
它掠过涟漪,踏过荇藻,
跨着小小的,小小的
轻快的步子走。
然后,踌躇着,
生出了翼翅……

它飞上去了,
这小小的蜉蝣,
不,是蝴蝶,它翩翩飞舞,
在芦苇间,在红蓼花上;
它高升上去了,
化作一只云雀,
把清音撒到地上……

现在它是鹏鸟了。
在浮动的白云间,
在苍茫的青天上,
它展开翼翅慢慢地,
作九万里的翱翔,
前生和来世的逍遥游。

它盘旋着,孤独地,
在迢遥的云山上,
在人间世的边际;
长久地,固执到可怜。

终于,绝望地
它疾飞回到我心头
在那儿忧愁地蛰伏。

秋夜思

谁家动刀尺?
心也需要秋衣。

听鲛人的召唤,
听木叶的呼吸!
风从每一条脉络进来,
窃听心的枯裂之音。

诗人云:心即是琴。
谁听过那古旧的阳春白雪?
为真知的死者的慰藉,
有人已将它悬在树梢,
为天籁之凭托——
但曾一度谛听的飘逝之音。

而断裂的吴丝蜀桐,
仅使人从弦柱间思忆华年。

八重子

八重子是永远地忧郁着的，
我怕她会郁瘦了她的青春。
是的，我为她的健康挂虑着，
尤其是为她的沉思的眸子。

发的香味是簪着辽远的恋情，
辽远到要使人流泪；
但是要使她欢喜，我只能微笑，
只能像幸福者一样地微笑。

因为我要使她忘记她的孤寂，
忘记萦系着她的渺茫的乡思，
我要使她忘记她在走着
无尽的、寂寞的、凄凉的路。

而且在她的唇上，我要为她祝福，
为我的永远忧郁着的八重子，
我愿她永远有着意中人的脸，
春花的脸，和初恋的心。

在天晴了的时候

在天晴了的时候,
该到小径中去走走:
给雨润过的泥路,
一定是凉爽又温柔;
炫耀着新绿的小草,
已一下子洗净了尘垢;
不再胆怯的小白菊,
慢慢地抬起它们的头,
试试寒,试试暖,
然后一瓣瓣地绽透;
抖去水珠的凤蝶儿
在木叶间自在闲游,
把它的饰彩的智慧书页
曝着阳光一开一收。

到小径中去走走吧,
在天晴了的时候:
赤着脚,携着手,
踏着新泥,涉过溪流。

新阳推开了阴霾了,
溪水在温风中晕皱,
看山间移动的暗绿——
云的脚迹——它也在闲游。

致萤火

萤火,萤火,
你来照我。

照我,照这沾露的草,
照这泥土,照到你老。

我躺在这里,让一颗芽
穿过我的躯体,我的心,
长成树,开花;

让一片青色的藓苔,
那么轻,那么轻
把我全身遮盖,

像一双小手纤纤,
当往日我在昼眠,
把一条薄被
在我身上轻披。

我躺在这里
咀嚼着太阳的香味;
在什么别的天地,
云雀在青空中高飞。

萤火,萤火

给一缕细细的光线——
够担得起记忆,
够把沉哀来吞咽!

赠克木

我不懂别人为什么给那些星辰
取一些它们不需要的名称,
它们闲游在太空,无牵无挂,
不了解我们,也不求闻达。

记着天狼、海王、大熊……这一大堆,
还有它们的成分,它们的方位,
你绞干了脑汁,涨破了头,
弄了一辈子,还是个未知的宇宙。

星来星去,宇宙运行,
春秋代序,人死人生,
太阳无量数,太空无限大,
我们只是倏忽渺小的夏虫井蛙。

不痴不聋,不作阿家翁,
为人之大道全在懵懂,
最好不求甚解,单是望望,
看天,看星,看月,看太阳。

也看山,看水,看云,看风,
看春夏秋冬之不同,
还看人世的痴愚,人世的倥偬:
静默地看着,乐在其中。

乐在其中,乐在空与时以外,
我和欢乐都超越过一切境界,
自己成一个宇宙,有它的日月星,
来供你钻究,让你皓首穷经。

或是我将变成一颗奇异的彗星,
在太空中欲止即止,欲行即行,
让人算不出轨迹,瞧不透道理,
然后把太阳敲成碎火,把地球撞成泥。

夜行者

这里他来了：夜行者！
冷清清的街道有沉着的跫音，
从黑茫茫的雾，
到黑茫茫的雾。

夜的最熟稔的朋友，
他知道它的一切琐碎，
那么熟稔，在它的熏陶中，
他染了它一切最古怪的脾气。

夜行者是最古怪的人。
你看他在黑夜里：
戴着黑色的毡帽，
迈着夜一样静的步子。

眼

在你的眼睛的微光下
迢遥的潮汐升涨：
玉的珠贝，
青铜的海藻……
千万尾飞鱼的翅，
剪碎分而复合的
顽强的渊深的水。

无渚崖的水，
暗青色的水！
在什么经纬度上的海中，
我投身又沉溺在
以太阳之灵照射的诸太阳间，
以月亮之灵映光的诸月亮间，
以星辰之灵闪烁的诸星辰间，
于是我是彗星，
有我的手，
有我的眼，
并尤其有我的心。

我晞曝于你的眼睛的
苍茫朦胧的微光中，
并在你上面，

在你的太空的镜子中
鉴照我自己的
透明而畏寒的
火的影子,
死去或冰冻的火的影子。

我伸长,我转着,
我永恒地转着,
在你的永恒的周围
并在你之中……

我是从天上奔流到海,
从海奔流到天上的江河,
我是你每一条动脉,
每一条静脉,
每一个微血管中的血液,
我是你的睫毛
(它们也同样在你的
眼睛的镜子里顾影)
是的,你的睫毛,你的睫毛,

而我是你,
因而我是我。

乐园鸟

飞着,飞着,春,夏,秋,冬,
昼,夜,没有休止,
华羽的乐园鸟,
这是幸福的云游呢,
还是永恒的苦役?

渴的时候也饮露,
饥的时候也饥露,
华羽的乐园鸟,
这是神仙的佳肴呢,
还是为了对于天的乡思?

是从乐园里来的呢,
还是到乐园里去的?
华羽的乐园鸟,
在茫茫的青空中,
也觉得你的路途寂寞吗?

假使你是从乐园里来的
可以对我们说吗,
华羽的乐园鸟,
自从亚当、夏娃被逐后,
那天上的花园已荒芜到怎样了?

十四行

看微雨飘落在你披散的鬓边，
像小珠散落在青色的海带草间，
或是死鱼浮在碧海的波浪上，
闪出万点神秘又凄切的幽光，

它诱着又带着我青色的灵魂，
到爱和死底梦的王国中睡眠，
那里有金色山川和紫色的太阳，
那里可怜的生物将欢乐的喜泪流到胸膛；
就像一只黑色的衰老的瘦猫，
在幽光中我憔悴又伸着懒腰，
流出我一切虚伪和真诚的骄傲；

然后，又跟着它踉跄在轻雾朦胧，
像淡红的酒沫飘在琥珀钟，
我将有情的眼藏在幽暗的记忆中。

断　指

在一口老旧的、满积着灰尘的书橱中，
我保存着一个浸在酒精瓶中的断指；
每当无聊地去翻寻古籍的时候，
它就含愁地勾起一个使我悲哀的记忆。

它是被截下来的，从我一个已牺牲了的朋友底手上，
它是惨白的，枯瘦的，和我的友人一样，
时常萦系着我的，而且是很分明的，
是他将这断指交给我的时候的情景：

"为我保存这可笑又可怜的恋爱的纪念吧，望舒，
在零落的生涯中，它是只能增加我的不幸的了。"
他的话是舒缓的，沉着的，像一个叹息，
而他的眼中似乎含有泪水，虽然微笑在脸上。

关于他的"可怜又可笑的爱情"我是一些也不知道。
我知道的只是他在一个工人家里被捕去，
随后是酷刑吧，随后是惨苦的牢狱吧，
随后是死刑吧，那等待着我们大家的死刑吧。

关于他"可笑又可怜的爱情"我是一些也不知道。
他从未对我谈起过，即使在喝醉酒时。
但我猜想这一定是一段悲哀的事，是他隐藏着，
他想使它跟着截断的手指一同被遗忘了。

这断指上还染着油墨底痕迹，
是赤色的，
是可爱的，光辉的赤色的，
它很灿烂地在这截断的手指上，
正如他责备别人底懦怯的目光在我们底心头一样。

这断指常带了轻微又粘着的悲哀给我，
但是这在我又是一件很有用的珍品，
每当为了一件琐事而颓丧的时候，我会说：
"好，让我拿出那个玻璃瓶来吧。"

我底记忆

我底记忆是忠实于我的,
忠实得甚于我最好的友人,

它存在在燃着的烟卷上,
它存在在绘着百合花的笔杆上,
它生存在破旧的粉盒上,
它存在在颓垣的木莓上,
它存在在喝了一半的酒瓶上,
在撕碎的往日的诗稿上,在压干的花片上,
在凄暗的灯上,在平静的水上,
在一切有灵魂没有灵魂的东西上,
它在到处生存着,像我在这世界一样。

它是胆小的,它怕着人们底喧嚣,
但在寂寥时,
它便对我来作密切的拜访。
它底声音是低微的,
但它底话却很长,很长,
很多,很琐碎,而且永远不肯休:
它底话是古旧的,老讲着同样的故事,
它底音调是和谐的,老唱着同样的曲子,
有时它还模仿着爱娇的少女底声音,
它底声音是没有气力的,

而且还夹着眼泪，夹着太息。

它底拜访是没有一定的，
在任何时间，在任何地点，
甚至当我已上床，朦胧地想睡了；
人们会说它没有礼貌，
但是我们是老朋友。

它是琐琐地永远不肯休止的，
除非我凄凄地哭了，或是沉沉地睡了，
但是我是永远不讨厌它，
因为它是忠实于我的。

游子谣

海上微风起来的时候,
暗水上开遍青色的蔷薇。
——游子的家园呢?

篱门是蜘蛛的家,
土墙是薜荔的家,
枝繁叶茂的果树是鸟雀的家。

游子却连乡愁也没有,
他沉浮在鲸鱼海蟒间:
让家园寂寞的花自开自落吧。

因为海上有青色的蔷薇,
游子要萦系他冷落的家园吗?
还有比蔷薇更清丽的旅伴呢。

清丽的小旅伴是更甜蜜的家园,
游子的乡愁在那里徘徊踯躅。
唔,永远沉浮在鲸鱼海蟒间吧。

狱中题壁

如果我死在这里，
朋友啊，不要悲伤，
我会永远地生存
在你们的心上。

你们之中的一个死了，
在日本占领地的牢里，
他怀着的深深仇恨，
你们应该永远地记忆。

当你们回来，从泥土
掘起他伤损的肢体，
用你们胜利的欢呼
把他的灵魂高高扬起。

然后把他的白骨放在山峰，
曝着太阳，沐着飘风：
在那暗黑潮湿的土牢，
这曾是他唯一的美梦。

我用残损的手掌

我用残损的手掌
摸索这广大的土地：
这一角已变成灰烬，
那一角只是血和泥；
这一片湖该是我的家乡，
（春天，堤上繁花如锦障，
嫩柳枝折断有奇异的芬芳）
我触到荇藻和水的微凉；
这长白山的雪峰冷到彻骨，
这黄河的水夹泥沙在指间滑出；
江南的水田，你当年新生的禾草
是那么细，那么软……现在只有蓬蒿；
岭南的荔枝花寂寞地憔悴，
尽那边，我蘸着南海没有渔船的苦水……
无形的手掌掠过无限的江山，
手指沾了血和灰，手掌粘了阴暗，
只有那辽远的一角依然完整，
温暖，明朗，坚固而蓬勃生春。
在那上面，我用残损的手掌轻抚，
像恋人的柔发，婴孩手中乳。
我把全部的力量运在手掌
贴在上面，寄与爱和一切希望，

因为只有那里是太阳，是春，
将驱逐阴暗，带来苏生，
因为只有那里我们不像牲口一样活，
蝼蚁一样死……那里，永恒的中国！

过旧居

这样迟迟的日影,
这样温暖的寂静,
这片午炊的香味,
对我是多么熟稔。

这带露台,这扇窗,
后面有幸福在窥望,
还有几架书,两张床,
一瓶花……这已是天堂。

我没有忘记:这是家,
妻如玉,女儿如花,
清晨的呼唤和灯下的闲话,
想一想,会叫人发傻;

单听他们亲昵地叫,
就够人整天地骄傲,
出门时挺起胸,伸直腰,
工作时也抬头微笑。

现在……可不是我回家的午餐?……
桌上一定摆上了盘和碗,
亲手调的羹,亲手煮的饭,
想起了就会嘴馋。

这条路我曾经走了多少回！
多少回？……过去都压缩成一堆，
叫人不能分辨，日子是那么相类，
同样幸福的日子，这些孪生姊妹！

我可糊涂啦，
是不是今天出门时我忘记说"再见"？
还是这事情发生在许多年前，
其中间隔着许多变迁？

可是这带露台，这扇窗，
那里却这样静，没有声响，
没有可爱的影子，娇小的叫嚷，
只是寂寞，寂寞，伴着阳光。
而我的脚步为什么又这样累？
是否我肩上压着苦难的岁月，
压着沉哀，透渗到骨髓，
使我眼睛朦胧，心头消失了光辉？

为什么辛酸的感觉这样新鲜？
好像伤没有收口，苦味在舌间。
是一个归途的设想把我欺骗，
还是灾难的岁月真横亘其间？

我不明白，是否一切都没改动，
却是我自己做了白日梦，
而一切都在那里，原封不动：
欢笑没有冰凝，幸福没有尘封？

或是那些真实的岁月，年代，

走得太快一点，赶上了现在，
回过头来瞧瞧，匆忙又退回来，
再陪我走几步，给我瞬间的欢快？

有人开了窗，
有人开了门，
走到露台上——
一个陌生人。

生活，生活，漫漫无尽的苦路！
咽泪吞声，听自己疲倦的脚步：
遮断了魂梦的不仅是海和天，云和树，
无名的过客在往昔作了瞬间的踌躇。

雨 巷

撑着油纸伞,独自
彷徨在悠长,悠长
又寂寥的雨巷,
我希望逢着
一个丁香一样地
结着愁怨的姑娘。

她是有
丁香一样的颜色,
丁香一样的芬芳,
丁香一样的忧愁,
在雨中哀怨,
哀怨又彷徨;

她彷徨在这寂寥的雨巷,
撑着油纸伞
像我一样,
像我一样地,
默默彳亍着,
冷漠,凄清,又惆怅。

她静默地走近
走近,又投出
太息一般的眼光,

|戴望舒作品精选|

她飘过
像梦一般地
像梦一般地凄婉迷茫。

像梦中飘过
一枝丁香地，
我身旁飘过这个女郎；
她静静地远了，远了，
到了颓圮的篱墙，
走尽这雨巷。

在雨的哀曲里，
消了她的颜色，
散了她的芬芳，
消散了，甚至她的
太息般的眼光，
丁香般的惆怅。

撑着油纸伞，独自
彷徨在悠长，悠长
又寂寥的雨巷，
我希望飘过
一个丁香一样地
结着愁怨的姑娘。

印 象

是飘落深谷去的
幽微的铃声吧,
是航到烟水去的
小小的渔船吧,
如果是青色的真珠;
它已堕到古井的暗水里。

林梢闪着的颓唐的残阳,
它轻轻地敛去了
跟着脸上浅浅的微笑。

从一个寂寞的地方起来的,
迢遥的,寂寞的呜咽,
又徐徐回到寂寞的地方,寂寞地。

烦 忧

说是寂寞的秋的悒郁,
说是辽远的海的怀念。
假如有人问我烦忧的原故
我不敢说出你的名字。

我不敢说出你的名字,
假如有人问我烦忧的原故:
说是辽远的海的怀念,
说是寂寞的秋的悒郁。

秋天的梦

迢遥的牧女的羊铃
摇落了轻的树叶。

秋天的梦是轻的,
那是窈窕的牧女之恋。

于是我的梦静静地来了,
但却载着沉重的昔日。

唔,现在,我是有一些寒冷,
一些寒冷,和一些忧郁。

偶　成

如果生命的春天重到，
古旧的凝冰都哗哗地解冻，
那时我会再看见灿烂的微笑，
再听见明朗的呼唤——这些迢遥的梦。

这些好东西都决不会消失，
因为一切好东西都永远存在，
它们只是像冰一样凝结，
而有一天会像花一样重开。

我思想

我思想,故我是蝴蝶……
万年后小花的轻唤
透过无梦无醒的云雾,
来振撼我斑斓的彩翼。

微 笑

轻岚从远山飘开，
水蜘蛛在静水上徘徊；
说吧：无限意，无限意。

有人微笑，
一棵心开出花来，
有人微笑，
许多脸儿忧郁起来。

做定情之花带的点缀吧，
做遥迢之旅愁的凭借吧。

忧 郁

我如今已厌看蔷薇色,
一任她娇红披满枝。

心头的春花已不更开,
幽黑的烦忧已到我欢乐之梦中来。

我底唇已枯,我底眼已枯,
我呼吸着火焰,我听见幽灵低诉。

去吧,欺人的美梦,欺人的幻象,
天上的花枝,世人安能痴想。

我颓唐地在挨度这迟迟的朝夕!
我是个疲倦的人儿,我等待着安息。

秋　天

再过几日秋天是要来了，
默坐着，抽着陶器的烟斗，
我已隐隐听见它的歌吹，
从江水的船帆上。

它是在奏着管弦乐：
这个使我想起做过的好梦；
我从前认它是好友是错了，
因为它带了忧愁来给我。

林间的猎角声是好听的，
在死叶上的漫步也是乐事，
但是，独身汉的心地我是很清楚的，
今天，我是没有这闲雅的兴致。

我对它没有爱也没有恐惧，
你知道它所带来的东西的重量，
我是微笑着，安坐在我的窗前，
当飘风带点恐吓的口气来说：
秋天来了，望舒先生！

夜 是

夜是清爽而温暖；
飘过的风带着青春和爱底香味，
我的头是靠在你裸着的膝上，
你想微笑，而我却想啜泣。

温柔的是缢死在你底发丝上，
它是那么长，那么细，那么香；
但是我是怕着，那飘过的风
要把我们的青春带去。

我们只是被那海底波涛
挟着飘去的可怜的沉舟，
不要讲古旧的绮腻风光了，
纵然你有柔情，我有眼泪。

我是害怕那飘过的风，
也带去了别人的青春和爱的飘过的风，
它也会带去了我们的，
然后丝丝地吹入凋谢了的蔷薇花丛。

寻梦者

梦会开出花来的，
梦会开出娇妍的花来的：
去求无价的珍宝吧。

去青色的大海里，
在青色的大海的底里，
深藏着金色的贝一枚。

你去攀九年的冰山吧，
你去航九年的旱海吧，
然后你逢到那金色的贝。

它有天上的云雨声，
它有海上的风涛声，
它会使你的心沉醉。

把它在海水里养九年，
把它在天水里养九年，
然后，它在一个暗夜里开绽了。

当你鬓发斑斑了的时候，
当你眼睛朦胧了的时候，
金色的贝吐出桃色的珠。

把桃色的珠放在你怀里，

把桃色的珠放在你枕边，
于是一个梦静静地升上来了。

你的梦开出花来了，
你的梦开出娇妍的花来了，
在你已衰老了的时候。

我的恋人

我将对你说我的恋人,
我的恋人是一个羞涩的人,
她是羞涩的,有着桃色的脸,
桃色的嘴唇,和一颗天青色的心。

她有黑色的大眼睛,
那不敢凝看我的黑色的大眼睛——
不是不敢,那是因为她是羞涩的;
而当我依在她胸头的时候,
你可以说她的眼睛是变换了颜色,
天青的颜色,她的心的颜色。

她有纤纤的手,
它会在我烦忧的时候安抚我,
她有清朗而爱娇的声音,
那是只向我说着温柔的,
温柔到销熔了我的心的话的。

她是一个静娴的少女,
她知道如何爱一个爱她的人,
但是我永远不能对你说她的名字,
因为她是一个羞涩的恋人。

我的素描

辽远的国土的怀念者,
我,我是寂寞的生物。

假若把我自己描画出来,
那是一幅单纯的静物写生。

我是青春和衰老的集合体,
我有健康的身体和病的心。

在朋友间我有爽直的声名,
在恋爱上我是一个低能儿。

因为当一个少女开始爱我的时候,
我先就要栗然地惶恐。

我怕着温存的眼睛,
像怕初春青空的朝阳。

我是高大的,我有光辉的眼;
我用爽朗的声音恣意谈笑。

但在悒郁的时候,我是沉默的,
悒郁着,用我二十四岁的整个的心。

闻曼陀铃

从水上飘起的，春夜的曼陀铃，
你咽怨的亡魂，孤冷又缠绵，
你在哭你底旧时情？

你徘徊到我底窗边，
寻不到昔日的芬芳，
你惆怅地哭泣到花间。

你凄婉地又重进我纱窗，
还想寻些坠鬟的珠屑——
啊，你又失望地咽泪去他方。

你依依地又来到我耳边低泣；
啼着那颓唐哀怨之音；
然后，懒懒地，到梦水间消歇。

老之将至

我怕自己将慢慢地慢慢地老去，
随着那迟迟寂寂的时间，
而那每一个迟迟寂寂的时间，
是将重重地载着无量的怅惜的。

而在我坚而冷的圈椅中，在日暮，
我将看见，在我昏花的眼前
飘过那些模糊的暗淡的影子：
一片娇柔的微笑，一只纤纤的手，
几双燃着火焰的眼睛，
或是几点耀着珠光的眼泪。

是的，我将记不清楚了：
在我耳边低声软语着
"在最适当的地方放你的嘴唇"的，
是那樱花一般的樱子吗？
那是茹丽苔吗，飘着懒倦的眼！

望着她已卸了的锦缎的鞋子？……
这些,我将都记不清楚了,
因为我老了。
我说,我是担忧着怕老去，
怕这些记忆凋残了，
一片一片地，像花一样；
只留着垂枯的枝条，孤独地。

独自的时候

房里曾充满过清朗的笑声，
正如花园里充满过蔷薇，
人在满积着梦的灰尘中抽烟，
沉想着消逝了的音乐。

在心头飘来飘去的是什么啊，
像白云一样的无定，像白云一样的沉郁？
而且要对它说话也是徒然的，
正如人徒然向白云说话一样。

幽暗的房里耀着的只有光泽的木器，
独语着的烟斗也黯然缄默，
人在尘雾的空间描摹着惨白的裸体
和烧着人的火一样的眼睛。

为自己悲哀和为别人悲哀是一样的事，
虽然自己的梦是和别人的不同的，
但是我知道今天我是流过眼泪，
而从外边，寂静是悄悄地进来。

见毋忘我花

为你开的,
为我开的毋忘我花,
为了你的怀念,
为了我的怀念,
它在陌生的太阳下,
陌生的树林间,
谦卑地,悒郁地开着。

在僻静的一隅,
它为你向我说话,
它为我向你说话;
它重数我们用凝望
远方潮润的眼睛,
在沉默中所说的话,
而它的语言又是
像我们的眼一样沉默。

开着吧,永远开着吧,
挂虑我们的小小的青色的花。

古意答客问

孤心逐浮云之炫烨的卷舒,
惯看青空的眼喜侵阈的青芜。
你问我的欢乐何在?
——窗头明月枕边书。

侵晨看岚踯躅于山巅,
入夜听风琐语于花间。
你问我的灵魂安息于何处?
——看那袅绕地,袅绕地升上去的炊烟。

渴饮露,饥餐英;
鹿守我的梦,鸟祝我的醒。
你问我可有人间世的挂虑?
——听那消沉下去的百代之过客的跫音。

深闭的园子

五月的园子
已花繁叶满了,
浓荫里却静无鸟喧。

小径已铺满苔藓,
而篱门的锁也锈了——
主人却在迢遥的太阳下。

在迢遥的太阳下,
也有璀璨的园林吗?

陌生人在篱边探首,
空想着天外的主人。

寒风中闻雀声

枯枝在寒风里悲叹,
死叶在大道上萎残;
雀儿在高唱薤露歌,
一半儿是自伤自感。

大道上寂寞凄清,
高楼上悄悄无声,
只那孤零的雀儿
伴着孤岑的少年人。

寒风吹老了树叶,
又来吹老少年底华鬓,
更在他的愁怀里
将一丝的温馨吹尽。

唱啊,我同情的雀儿,
唱破我芬芳的梦境;
吹罢,你无情的风儿,
吹断了我飘摇的微命。

流浪人的夜歌

残月是已死的美人,
在山头哭泣嘤嘤,
哭她细弱的魂灵。

怪枭在幽谷悲鸣,
饥狼在嘲笑声声,
在那残碑断碣的荒坟。

此地黑暗底占领,
恐怖在统治人群,
幽夜茫茫地不明。

来到此地泪盈盈,
我是颠连飘泊的狐身,
我要与残月同沉。

对于天的怀乡病

怀乡病,怀乡病,
这或许是一切有一张有些忧郁的脸,
一颗悲哀的心,
而且老是缄默着,
还抽着一支烟斗的
人们的生涯吧。

怀乡病,哦,我呵,
我也许是这类人之一,
我呢,我渴望着回返
到那个天,到那个如此青的天,
在那里我可以生活又死灭,
像在母亲的怀里,
一个孩子笑着和哭着一样。

我啊,我是一个怀乡病者,
是对于天的,对于那如此青的天的;
那里,我是可以安安地睡着,
没有半边头风,没有不眠之夜,
没有心的一切的烦恼,
这心,它,已不是属于我的,
而有人已把它抛弃了,
像人们抛弃了敝屣一样。

凝泪出门

昏昏的灯,
溟溟的雨,
沉沉的未晓天;
凄凉的情绪;
将我底愁怀占住。

凄绝的寂静中,
你还酣睡未醒;
我无奈踯躅徘徊,
独自凝泪出门:
啊,我已够伤心。

清冷的街灯,
照着车儿前进:
在我底胸怀里,
我是失去了欢欣,
愁苦已来临。

路上的小语

——给我吧,姑娘,那朵簪在你发上的
小小的青色的花,
它是会使我想起你底温柔来的。

——它是到处都可以找到的,
那边,你看,在树林下,在泉边,
而它又只会给你悲哀的记忆的。

——给我吧,姑娘,你底像花一样地燃着的,
像红宝石一样地晶耀着的嘴唇,
它会给我蜜底味,酒底味。

——不,它只有青色的橄榄底味,
和未熟的苹果底味,
而且是不给说谎的孩子的。

——给我吧,姑娘,那在你衫子下的
你的火一样的,十八岁的心,
那里是盛着天青色的爱情的。

——它是我的,是不给任何人的,
除非别人愿意把他自己底真诚的
来作一个交换,永恒地。

林下的小语

走进幽暗的树林里
人们在心头感到了寒冷，
亲爱的，在心头你也感到寒冷吗，
当你拥在我怀里
而且把你的唇粘着我底的时候？

不要微笑，亲爱的，
啼泣一些是温柔的，
啼泣吧，亲爱的，啼泣在我底膝上，
在我底胸头，在我底颈边。
啼泣不是一个短促的欢乐。

"追随我到世界的尽头。"
你固执地这样说着吗？
你说得多傻！你去追随天风吧！
我呢，我是比天风更轻，更轻，
是你永远追随不到的。

哦，不要请求我的心了！
它是我的，是只属于我的。
什么是我们的恋爱的纪念吗？

拿去吧，亲爱的，拿去吧，
这沉哀，这绛色的沉哀。

残花的泪

寂寞的古园中,
明月照幽素,
一枝凄艳的残花
对着蝴蝶泣诉:

我的娇丽已残,
我的芳时已过,
今宵我流着香泪,
明朝会萎谢尘土。

我的旖艳与温馨,
我的生命与青春
都已为你所有,
都已为你消受尽!

你旧日的蜜意柔情
如今已抛向何处?
看见我憔悴的颜色,
你啊,你默默无语!

你会把我孤凉地抛下
独自蹁跹地飞去,
又飞到别枝春花上,
依依地将她恋住。

明朝晓日来时,
小鸟将为我唱薤露歌;
你啊,你不会眷顾旧情
到此地来凭吊我!

残叶之歌

男子
你看,湿了雨珠的残叶
静静地停在枝头,
(湿了珠泪的微心,
轻轻地贴在你心头。)

它踌躇着怕那微风
吹它到缥缈的长空。

女子
你看,那小鸟曾经恋过枝叶,
如今却要飘忽无迹。
(我底心儿和残叶一样,
你啊,忍心人,你要去他方。)

它可怜地等待着微风,
要依风去追逐爱者底行踪。

男子
那么,你是叶儿,我是那微风,
我曾爱你在枝上,也爱你在街上。

女子
来啊,你把你微风吹起,
我将我残叶底生命还你。

祭 日

今天是亡魂的祭日,
我想起了我的死去了六年的友人。
或许他已老一点了,怅惜他爱娇的妻,
他哭泣着的女儿,他剪断了的青春。

他一定是瘦了,过着飘泊的生涯,在幽冥中,
但他的忠诚的目光是永远保留着的,
而我还听到他往昔的熟稔有劲的声音,
　"快乐吗,老戴?"(快乐,唔,我现在已没有了。)

他不会忘记了我:这我是很知道的,
因为他还来找我,每月一二次,在我梦里,
他老是饶舌的,虽则他已归于永恒的沉寂,
而他带着忧郁的微笑的长谈使我悲哀。

我已不知道他的妻和女儿到哪里去了,
我不敢想起她们,我甚至不敢问他,在梦里;
当然她们不会过着幸福的生涯的,
像我一样,像我们大家一样。

快乐一点吧,因为今天是亡魂的祭日;
我已为你预备了在我算是丰盛了的晚餐,
你可以找到我园里的鲜果,
和那你所嗜好的陈威士忌酒。

我们的友谊是永远地柔和的,
而我将和你谈着幽冥中的快乐和悲哀。

百合子

百合子是怀乡病的可怜的患者，
因为她的家是在灿烂的樱花丛里的；
我们徒然有百尺的高楼和沉迷的香夜，
但温煦的阳光和朴素的木屋总常在她缅想中。

她度着寂寂的悠长的生涯，
她盈盈的眼睛茫然地望着远处；
人们说她冷漠的是错了，
因为她沉思的眼里是有着火焰。

她将使我为她而憔悴吗？
或许是的，但是谁能知道？
有时她向我微笑着，
而这忧郁的微笑使我也坠入怀乡病里。

她是冷漠的吗？不。
因为我们的眼睛是秘密地交谈着；
而她是醉一样地合上了她的眼睛的，
如果我轻轻地吻着她花一样的嘴唇。

生　涯

泪珠儿已抛残，
只剩了悲思。
无情的百合啊，
你明丽的花枝。
你太娟好，太轻盈
使我难吻你娇唇。

人间伴我的是孤苦，
白昼给我的是寂寥；
只有那甜甜的梦儿
慰我在深宵：
我希望长睡沉沉，
长在那梦里温存。

可是清晨我醒来
在枕边找到了悲哀：
欢乐只是一幻梦，
孤苦却待我生挨！
我暗把泪珠哽咽，
我又生活了一天。

泪珠儿已抛残
悲思偏无尽，
啊，我生命底慰安！

我屏营待你垂悯：
在这世间寂寂，
朝朝只有呜咽。

不要这样盈盈地相看

不要这样盈盈地相看，
把你伤感的头儿垂倒，
静，听啊，远远地，在林里
在死叶上的希望又醒了。

是一个昔日的希望，
它沉睡在林里已多年；
是一个缠绵烦琐的希望
它早在遗忘里沉湮。

不要这样盈盈地相看，
把你伤感的头儿垂倒，
这一个昔日的希望，
它已被你惊醒了。

这是缠绵烦琐的希望
如今已被你惊起了，
它又要依依地前来
将你与我烦扰。

不要这样盈盈地相看，
把你伤感的头儿垂倒，
静，听啊，远远地，从林里，
惊醒的昔日的希望来了。

等待（一）

我等待了两年，
你们还是这样遥远啊！
我等待了两年，
我的眼睛已经望倦啊！

说六个月可以回来啦，
我却等待了两年啊，
我已经这样衰败啦，
谁知道还能够活几天啊。

我守望着你们的脚步，
在熟稔的贫困和死亡间。
当你们再来，带着幸福，
会在泥土中看见我张大的眼。

等待（二）

你们走了，留下我在这里等，
看血污的铺石上徘徊着鬼影，
饥饿的眼睛凝望着铁栅，
勇敢的胸膛迎着白刃：
耻辱粘住每一颗赤心，
在那里，炽烈地燃烧着悲愤。

把我遗忘在这里，让我见见
屈辱的极度，沉痛的界限，
做个证人，做你们的耳，你们的眼，
尤其做你们的心，受苦难，磨炼，
仿佛是大地的一块，让铁蹄蹂践，
仿佛是你们的一滴血，遗在你们后面。

没有眼睛没有语言的等待：
生和死那么紧地相贴相挨，
而在两者间，顽长的岁月在那里挤，
结伴儿走路，好像难兄难弟。
冢地只两步远近，我知道
安然占六尺黄土，盖六尺青草；
可是这儿也没有什么大不同，
在这阴湿，窒息的窄笼：
做白虱的巢穴，做泔脚缸，

让脚气慢慢延伸到小腹上，
做柔道的呆对手，剑术的靶子，
从口鼻一齐喝水，然后给踩肚子，
膝头压在尖钉上，砖头垫在脚踵上，
听鞭子在皮骨上舞，做飞机在梁上荡……

多少人从此就没有回来，
然而活着的却耐心地等待。

让我在这里等待，
耐心地等你们回来：
做你们的耳目，我曾经生活，
做你们的心，我永远不屈服。

示长女

记得那些幸福的日子!
女儿,记在你幼小的心灵:
你童年点缀着海鸟的彩翎,
贝壳的珠色,潮汐的清音,
山岚的苍翠,繁花的绣锦,
和爱你的父母的温存。

我们曾有一个安乐的家,
环绕着淙淙的泉水声,
冬天曝着太阳,夏天笼着清荫,
白天有朋友,晚上有恬静,
岁月在窗外流,不来打搅
屋里终年长驻的欢欣,
如果人家窥见我们在灯下谈笑,
就会觉得单为了这也值得过一生。

我们曾有一个临海的园子
它给我们滋养的番茄和金笋,
你爸爸读倦了书去垦地,
你妈妈在太阳阴里缝纫,
你呢,你在草地上追彩蝶,
然后在温柔的怀里寻温柔的梦境。

人人说我们最快活,

也许因为我们生活过得蠢，
也许因为你妈妈温柔又美丽，
也许因为你爸爸诗句最清新。

可是，女儿，这幸福是短暂的，
一刹时都被云锁烟埋；
你记得我们的小园临大海，
从那里你们一去就不再回来，
从此我对着那迢遥的天涯，
松树下常常徘徊到暮霭。

那些绚烂的日子，像彩蝶，
现在枉费你摸索追寻，
我仿佛看见你从这间房
到那间，用小手挥逐阴影，
然后，缅想着天外的父亲，
把疲倦的头搁在小小的绣枕。

可是，记着那些幸福的日子，
女儿，记在你幼小的心灵：
你爸爸仍旧会来，像往日，
守护你的梦，守护你的醒。

我们的小母亲

机械将完全地改变了,在未来的日子——
不是那可怖的汗和血的榨床,
不是驱向贫和死的恶魔的大车。
它将成为可爱的,温柔的,
而且仁慈的,我们的小母亲,
一个爱着自己的多数的孩子的,
用有力的,热爱的手臂,
紧抱着我们,抚爱着我们的
我们这一类人的小母亲。

是啊,我们将没有了恐慌,没有了憎恨,
我们将热烈地爱它,用我们多数的心。
我们不会觉得它是一个静默的铁的神秘,
在我们,它是有一颗充着慈爱的血的心的,
一个人间的孩子们的母亲。

于是,我们将劳动着,相爱着,
在我们的小母亲的怀里;
在我们的小母亲的怀里,
我们将互相了解,
更深切地互相了解……
而我们将骄傲地自庆着。
是啊,骄傲地,有一个

完全为我们的幸福操作着
慈爱地抚育着我们的小母亲，
我们的有力的铁的小母亲！

昨　晚

我知道昨晚在我们出门的时候，
我们的房里一定有一次热闹的宴会，
那些常被我的宾客们当作没有灵魂的东西，
不用说，都是这宴会的佳客：
这事情我也能容易地觉出，
否则这房里决不会零乱，
不会这样氤氲着烟酒的气味。
它们现在是已经安分守己了，
但是扶着残醉的洋娃娃却眨着眼睛，
我知道她还会撒痴撒娇：
她的头发是那样地蓬乱，而舞衣又那样地皱，
一定的，昨晚她已被亲过了嘴。
那年老的时钟显然已喝得太多了，
他还渴睡着，而把他的职司忘记；
拖鞋已换了方向，易了地位，
他不安静地躺在床前，而横出榻下。
粉盒和香水瓶自然是最漂亮的娇客，
因为她们是从巴黎来的，
而且准跳过那时行的"黑底舞"；
还有那个龙钟的瓷佛，他的年岁比我们还大，
他听过我祖母的声音，又受过我父亲的爱抚，
他是慈爱的长者，他必然居过首席。

（他有着一颗什么心会和那些后生小子和谐？）
比较安静的恐怕只有那桌上的烟灰盂,
它是昨天刚在大路上来的,它是生客。

还有许许多多的有伟大的灵魂的小东西,
它们现在都已敛迹,而且又装得那样规矩,
它们现在是那样安静,但或许昨晚最会胡闹。
对于这些事物的放肆我倒并不嗔怪,
我不会发脾气,因为像我们一样,
它们在有一些的时候也应得狂欢痛快。
但是我不懂得它们为什么会胆小害怕我们,
我们不是严厉的主人,我们愿意它们同来!
这些我们已有过了许多证明,
如果去问我的荷兰烟斗,它便会讲给你听。

译　诗

信天翁

时常地,为了戏耍,船上的人员
捕捉信天翁,那种海上的巨禽——
这些无挂碍的旅伴,追随海船,
跟着它在苦涩的漩涡上航行。

当他们把它们一放到船板上,
这些青天的王者,羞耻而笨拙,
就可怜地垂倒在他们的身旁
它们洁白的巨翼,像一双桨棹。

这插翅的旅客,多么呆拙委颓!
往时那么美丽,而今丑陋滑稽!
这个人用烟斗戏弄它的尖嘴,
那个人学这飞翔的残废者拐蹩。

诗人恰似天云之间的王君,
它出入风波间又笑傲弓弩手;
一旦堕落在尘世,笑骂尽由人,
它巨人般的翼翅妨碍它行走。

——译自波特莱尔《恶之花》

高 举

在池塘的上面,在溪谷的上面,
凌驾于高山,树林,天云和海洋
超越过灏气,超越过太阳,
超越过那缀星的天球的界限。

我的心灵啊,你在敏捷地飞翔,
恰如善泳的人沉迷在波浪中,
你欣然犁着深深的广袤无穷,
怀着雄赳赳的狂欢,难以言讲。

远远地从这疾病的瘴气飞脱,
到崇高的大气中去把你洗净,
像一种清醇神明的美酒,你饮
磅礴弥漫在空间的光明的火。

那烦郁和无边的忧伤的沉重
沉甸甸压住笼着雾霭的人世,
幸福的唯有能够高举起健翅,
从它们后面飞向明朗的天空!

幸福的唯有思想如云雀悠闲,
在早晨冲飞到长空,没有挂碍,
——翱翔在人世之上,轻易地了解
那花枝和无言的万物的语言!

——译自波特莱尔《恶之花》

应 和

自然是一庙堂,那里活的柱石
不时地传出模糊隐约的语音……
人穿过象征的林从那里经行,
树林望着他,投以熟稔的凝视。

正如悠长的回声遥遥地合并,
归入一个幽黑而渊深的和谐——
广大有如光明,浩漫有如黑夜——
香味,颜色和声音都互相呼应。

有的香味新鲜如儿童的肌肤,
柔和有如洞箫,翠绿有如草场,
——别的香味呢,腐烂,轩昂而丰富。

具有着无极限的品物底扩张,
如琥珀香、麝香、安息香、篆烟香,
那样歌唱性灵和官感的欢狂。

——译自波特莱尔《恶之花》

人和海

无羁束的人,你将永远爱海洋!
海是你的镜子;你照鉴着灵魂
在它的波浪的无穷尽的奔腾,
而你心灵是深渊,苦涩也相仿。

你喜欢汩没到你影子的心胸;
你用眼和臂拥抱它,而你的心
有时以它自己的烦嚣来遣兴,
在难驯而粗犷的呻吟声中。

你们一般都是阴森和无牵羁:
人啊,无人测过你深渊的深量;
海啊,无人知道你内蕴的富藏,
你们都争相保持你们的秘密!

然而无尽数世纪以来到此际,
你们无情又无悔地相互争强,
你们那么地爱好杀戮和死亡,
哦永恒的斗士,哦深仇的兄弟!

——译自波特莱尔《恶之花》

美

哦，世人！我美丽有如石头的梦，
我的使每个人轮流斫丧的胸
生来使诗人感兴起一种无穷
而缄默的爱情，正和元素相同。

如难解的斯芬克斯，我御碧霄：
我将雪的心融于天鹅的皓皓；
我憎恶动势，因为它移动线条，
我永远也不哭，我永远也不笑。

诗人们，在我伟大的姿态之前
（我似乎仿之于最高傲的故迹）
将把岁月消磨于庄严的钻研；

因为要叫驯服的情郎们眩迷，
我有着使万象更美丽的纯镜：
我的眼睛，我光明不灭的眼睛！

——译自波特莱尔《恶之花》

异国的芬芳

秋天暖和的晚间,当我闭了眼
呼吸着你炙热的胸膛的香味,
我就看见展开了幸福的海湄,
炫照着一片单调太阳的火焰;

一个闲懒的岛,那里"自然"产生
奇异的树和甘美可口的果子;
产生身体苗条壮健的小伙子,
和眼睛坦白叫人惊异的女人。

被你的香领向那些迷人地方,
我看见一个港,满是风帆桅樯,
都还显着大海的风波的劳色,

同时那绿色的罗望子的芬芳——
在空中浮动又在我鼻孔充塞,
在我心灵中和入水手的歌唱。

——译自波特莱尔《恶之花》

赠你这几行诗

赠你这几行诗,为了我的姓名
如果侥幸传到那辽远的后代,
一晚叫世人的头脑做起梦来,
有如船儿给大北风顺势推行,

像缥缈的传说一样,你的追忆,
正如那铜弦琴,叫读书人烦厌,
由于一种友爱而神秘的锁链
依存于我高傲的韵,有如悬系;

受咒诅的人,从深渊直到天顶,
除我以外,什么也对你不回应!
——哦,你啊,像一个影子,踪迹飘忽,

你用轻盈的脚和澄澈的凝视
践踏批评你苦涩的尘世蠢物,
黑玉眼的雕像,铜额的大天使!

——译自波特莱尔《恶之花》

黄昏的和谐

现在时候到了,在茎上震颤颤,
每朵花氤氲浮动,像一炉香篆;
音和香味在黄昏的空中回转;
忧郁的圆舞曲和懒散的昏眩。

每朵花氤氲浮动,像一炉香篆;
提琴颤动,恰似心儿受了伤残;
忧郁的圆舞曲和懒散的昏眩!
天悲哀而美丽,像一个大祭坛。

提琴颤动,恰似心儿受了伤残,
一颗柔心,它恨虚无的黑漫漫!
天悲哀而美丽,像一个大祭坛;
太阳在它自己的凝血中沉湮……

一颗柔心(它恨虚无的黑漫漫)
收拾起光辉昔日的全部余残!
太阳在它自己的凝血中沉湮……
我心头你的记忆"发光"般明灿!

——译自波特莱尔《恶之花》

邀 旅

孩子啊，妹妹，
想想多甜美
到那边去一起生活！
逍遥地相恋，
相恋又长眠
在和你相似的家国！
湿太阳高悬
在云翳的天
在我的心灵里横生
神秘的娇媚，
却如隔眼泪
耀着你精灵的眼睛。

那里，一切只是整齐和美，
豪侈，平静和那欢乐迷醉。

陈设尽辉煌，
给年岁矸光，
装饰着我们的卧房，
珍奇的花卉
把它们香味
和入依微的琥珀香，
华丽的藻井，

深湛的明镜,

东方的那璀璨豪华,

一切向心灵

秘密地诉陈

它们温柔的家乡话。

那里,一切只是整齐和美,

豪侈,平静和那欢乐迷醉。

看,在运河内

船舶在沉睡——

它们的情性爱流浪;

为了要使你

百事都如意,

它们才从海角来航。

西下夕阳明,

把朱玉黄金

笼罩住运河和田垄

和整个城镇;

世界睡沉沉

在一片暖热的光中。

那里,一切只是整齐和美,

豪侈,平静和那欢乐迷醉。

——译自波特莱尔《恶之花》

秋　歌

一

不久我们将沉入寒冷的幽暗，
再会，我们太短的夏日的辉煌！
我已经听到，带着阴森的震撼，
薪木在庭院的石上声声应响。

整个冬日将回到我心头：愤怒，
憎恨，战栗，恐怖，和强迫的劳苦，
正如太阳做北极地狱的囚徒，
我的心将是红冷的一块顽物。

我战栗着听块块坠下的柴木；
筑刑架也没有更沉着的回响。
我心灵好似个堡垒，终于屈服，
受了沉重不倦的撞角的击撞。

为这单调的震撼所摇，我好像
什么地方有人匆忙把棺材钉……
给谁？——昨天是夏；今天秋已临降！
这神秘的声响好像催促登程。

二

我爱你长睛碧辉，温柔的美人，

可是我今朝觉得事事尽堪伤,
你的爱情和妆室,和炉火温存,
看来都不及海上辉煌的太阳。

然而爱我,温柔的心!做个慈母
纵然是对刁儿,纵然是对逆子;
恋人或妹妹,请你做光耀的秋
或残阳的温柔,由它短暂如此。

短工作!坟墓在等;它贪心无厌!
啊!容我把我的头靠在你膝上,
怅惜着那酷热的白色的夏天,
去尝味那残秋的温柔的黄光。

——译自波特莱尔《恶之花》

枭 鸟

上有黑水松做遮障,
枭鸟们并排地栖止,
好像是奇异的神祇,
红眼射光。它们默想。

它们站着一动不动
一直到忧郁的时光;
到时候,推开了斜阳,
黑暗将把江山一统。

它们的态度教智者
在世上应畏如蛇蝎:
那芸芸众生和活动;

对过影醉心的人类
永远地要受罚深重——
为了他曾想换地位。

——译自波特莱尔《恶之花》

音　乐

音乐时常飘我去，如在大海中！
向我苍白的星
在浓雾荫下或在浩漫的太空，
我扬帆望前进；

胸膛向前挺，又鼓起我的两肺，
好像张满布帆，
我攀登重波积浪的高高的背——
黑夜里分辨难。

我感到苦难的船的一切热情
在我心头震颤；
顺风，暴风和临着巨涡的时辰，

它起来的痉挛
摇抚我。有时，波平有如大明镜，
照我绝望孤影！

——译自波特莱尔《恶之花》

快乐的死者

在一片沃土中,那里满是蜗牛,
我要亲自动手掘一个深坑洞,
容我悠闲地摊开我的老骨头,
而睡在遗忘里,如鲨鱼在水中。

我恨那些遗嘱,又恨那些坟墓;
与其求世人把一滴眼泪抛撒,
我宁愿在生时邀请那些饥鸟
来啄我的贱体,让周身都流血。

虫豸啊!无耳目的黑色同伴人,
看自在快乐的死者来陪你们;
会享乐的哲学家,腐烂的儿子。

请毫不懊悔地穿过我臭皮囊,
向我说,对于这没灵魂的陈尸,
死在死者间,还有甚酷刑难当!

——译自波特莱尔《恶之花》

裂　钟

又苦又甜的是在冬天的夜里，
对着闪烁又冒烟的炉火融融，
听辽远的记忆慢腾腾地升起，
应着在雾中歌唱的和鸣的钟。

幸福的是那口大钟，嗓子洪亮，
它虽然年老，却矍铄而又遒劲，
虔信地把它宗教的呼声高放，
正如那在营帐下守夜的老兵。

我呢，灵魂开了裂，而当它烦闷
想把夜的寒气布满它的歌声，
它的嗓子就往往会低沉衰软，

像被遗忘的伤者的沉沉残喘——
他在血湖边，在大堆死尸下底，
一动也不动，在大努力中垂毙。

——译自波特莱尔《恶之花》

烦闷（一）

我记忆无尽，好像活了一千岁，

抽屉装得满鼓鼓的一口大柜——
内有清单，诗稿，情书，诉状，曲词，
和卷在收据里的沉重的发丝——
藏着秘密比我可怜的脑还少。
那是一个金字塔，一个大地窖，
收容的死者多得义冢都难比。
我是一片月亮所憎厌的墓地，
那里，有如憾恨，爬着长长的虫，
老是向我最亲密的死者猛攻。
我是旧妆室，充满了凋谢蔷薇
一大堆过时的时装狼藉纷披，
只有悲哀的粉画，苍白的蒲遂，
呼吸着开塞的香水瓶的香味。
当阴郁的不闻问的果实烦厌，
在雪岁沉重的六出飞花下面，
拉得像永恒不朽一般的模样，
什么都比不上跛脚的日子长。
从今后，活的物质啊，你只是
围在可怕的波浪中的花岗石，
瞌睡在笼雾的沙哈拉的深处；

是老斯芬克斯,浮世不加关注,
被遗忘在地图上——忧郁的心怀
只向着落日的光辉清歌一快!

——译自波特莱尔《恶之花》

烦闷（二）

当沉重的低天像一个盖子般
压在困于长闷的呻吟的心上，
当他围抱着天涯的整个周圈
向我们泻下比夜更愁的黑光；

当大地已变成了潮湿的土牢——
在那里，那"愿望"像一只蝙蝠般，
用它畏怯的翅去把墙壁打敲，
又用头撞着那朽腐的天花板；

当雨水铺排着它无尽的丝条
把一个大牢狱的铁栅来模仿，
当一大群沉默的丑蜘蛛来到
我们的脑子底里布它们的网，

那些大钟突然暴怒地跳起来，
向高天放出一片可怕的长嚎，
正如一些无家的飘泊的灵怪，
开始顽强固执地呻吟而叫号。

——而长列的棺材，无鼓也无音乐，
慢慢地在我灵魂中游行；"希望"

屈服了，哭着，残酷专制的"苦恼"
把它的黑旗插在我垂头之上。

——译自波特莱尔《恶之花》

发

西茉纳,有个大神秘
在你头发的林里。

你吐着干刍的香味,你吐着野兽
睡过的石头的香味;
你吐着熟皮的香味,你吐着刚簸过的
小麦的香味;
你吐着木材的香味,你吐着早晨送来的
面包的香味;
你吐着沿荒垣
开着的花的香味;
你吐着黑莓的香味,你吐着被雨洗过的
常春藤的香味;
你吐着黄昏间割下的
灯芯草和薇蕨的香味;
你吐着冬青的香味,
你吐着藓苔的香味;
你吐着在篱阴结了种子的
衰黄的野草的香味;
你吐着荨麻如金雀花的香味,
你吐着苜蓿的香味,你吐着牛乳的香味;
你吐着茴香的香味;

你吐着胡桃的香味,你吐着熟透而采下的
果子的香味;
你吐着花繁叶满时的
柳树和菩提树的香味;
你吐着蜜的香味,你吐着徘徊在牧场中的
生命的香味;
你吐着泥土与河的香味;
你吐着爱的香味,你吐着火的香味。

西茉纳,有个大神秘
在你头发的林里。

——译自果尔蒙《西茉纳集》

山　楂

西西茉纳，你的温柔的手有了伤痕，
你哭着，我却要笑这奇遇。

山楂防御它的心和它的肩，
它已将它的皮肤许给了最美好的亲吻。

它已披着它的梦和祈祷的大幕，
因为它和整个大地默契；

它和早晨的太阳默契，
那时惊醒的群蜂正梦着苜蓿和百里香，

和青色的鸟，蜜蜂和飞蝇，
和周身披着天鹅绒的大土蜂，

和甲虫、细腰蜂，金栗色的黄蜂，
和蜻蜓，和蝴蝶，

以及一切有趣的，和在空中
像三色堇一样地舞着又徘徊着的花粉；

它和正午的太阳默契，
和云，和风，和雨，

以及一切过去的，和红如蔷薇，
洁如明镜的薄暮的太阳，

和含笑的月儿以及和露珠，
和天鹅，和织女，和银河；

它有如此皎白的前额而它的灵魂是如此纯洁，
使它在全个自然中钟爱它自身。

——译自果尔蒙《西茉纳集》

冬 青

西茉纳，太阳含笑在冬青树叶上；
四月已回来和我们游戏了。

他将些花篮背在肩上，
他将花枝送给荆棘、栗树、杨柳；

他将长生草留给水，又将石楠花
留给树木，在枝干伸长着的地方；

他将紫罗兰投在幽荫中，在黑莓下，
在那里，他的裸足大胆地将它们藏好又踏下；

他将雏菊和有一个小铃项圈的
樱草花送给了一切的草场；

他让铃兰和白头翁一齐坠在
树林中，沿着幽凉的小径；

他将鸢尾草种在屋顶上
和我们的花园中，西茉纳，那里有好太阳，

他散布鸽子花和三色堇，
风信子和那丁香的好香味。

——译自果尔蒙《西茉纳集》

雾

西茉纳，穿上你的大氅和你黑色的大木靴，
我们将像乘船似地穿过雾中去。

我们将到美的岛上去，那里的女人们
像树木一样地美，像灵魂一样地赤裸；
我们将到那些岛上去，那里的男子们
像狮子一样的柔和，披着长而褐色的头发。
来啊，那没有创造的世界从我们的梦中等着
它的法律，它的欢乐，那些使树开花的神
和使树叶炫烨而幽响的风。
来啊，无邪的世界将从棺中出来了。

西茉纳，穿上你的大氅和你黑色的大木靴，
我们将像乘船似地穿过雾中去。

我们将到那些岛上去，那里有高山，
从山头可以看见原野的平寂的幅员，
和在原野上啮草的幸福的牲口，
像杨柳树一样的牧人，和用禾叉
堆在大车上面的稻束：
阳光还照着，绵羊歇在
牲口房边，在园子的门前，
这园子吐着地榆、莴苣和百里香的香味。
西茉纳，穿上你的大氅和你黑色的大木靴

我们将像乘船似地穿过雾中去。

我们将到那些岛上去，那里灰色和青色的松树

在西风飘过它们的发间的时候歌唱着。

我们卧在它们的香荫下，将听见

那受着愿望的痛苦而等着

肉体复活之时的幽灵的烦怨声。

来啊，无限在昏迷而欢笑，世界正沉醉着：

梦沉沉地在松下，我们许会听得

爱情的话，神明的话，辽远的话。

西茉纳，穿上你的大氅和你黑色的大木靴，

我们将像乘船似地穿过雾中去。

——译自果尔蒙《西茉纳集》

雪

西茉纳，雪和你的颈一样白，
西茉纳，雪和你的膝一样白。

西茉纳，你的手和雪一样冷，
西茉纳，你的心和雪一样冷。

雪只受火的一吻而消溶，
你的心只受永别的一吻而消溶。

雪含愁在松树的枝上，
你的前额含愁在你栗色的发下。

西茉纳，你的妹妹雪睡在庭中。
西茉纳，你是我的雪和我的爱。

——译自果尔蒙《西茉纳集》

死 叶

西茉纳,到林中去吧:树叶已飘落了;
它们铺着苍苔、石头和小径。

西茉纳,你爱死叶上的步履声吗?

它们有如此柔美的颜色,如此沉着的调子,
它们在地上是如此脆弱的残片!

西茉纳,你爱死叶上的步履声吗?

它们在黄昏时有如此哀伤的神色;
当风来飘转它们时,它们如此婉转地哀鸣!

西茉纳,你爱死叶上的步履声吗?

当脚步蹂躏着它们时,它们像灵魂一样地啼哭,
它们做出振翼声和妇人衣裳的窸窣声。

西茉纳,你爱死叶上的步履声吗?

来啊:我们一朝将成为可怜的死叶,
来啊:夜已降临,而风已将我们带去了。

西茉纳,你爱死叶上的步履声吗?

——译自果尔蒙《西茉纳集》

河

西莱纳，河唱着一支淳朴的曲子，
来啊，我们将走到灯芯草和蓬骨间去，
是正午了：人们抛下了他们的犁，
而我，我将在明耀的水中看见你的跣足。

河是鱼和花的母亲，
是树、鸟、香、色的母亲，

她给吃了谷又将飞到
一个辽远的地方去的鸟儿喝水，

她给那绿腹的青蝇喝水，
她给像船奴似地划着的水蜘蛛喝水。

河是鱼的母亲：她给它们
小虫、草、空气和臭氧气；

她给它们爱情；她给它们翼翅，
使它们追踪它们的女性的影子到天边。

河是花的母亲，虹的母亲，
一切用水和一些太阳做成的东西的母亲：

她哺养红豆草和青草，和有蜜香的
绣线菊，和毛蕊草。
它是有像鸟的茸毛的叶子的

她哺养小麦，苜蓿和芦苇；

她哺养苎麻；她哺养亚麻；
她哺养燕麦、大麦和荞麦；

她哺养裸麦、河柳和林檎树；
她哺养垂柳和高大的白杨。

河是树木的母亲：美丽的橡树
曾用它们的脉管在她的河床中吸取清水。

河使天空肥沃：当下雨时，
那是河，她升到天上，又重降下来；

河是一个很有力又很纯洁的母亲。
河是全个自然的母亲。

西茉纳，河唱着一支淳朴的曲子，
来啊，我们将走到灯芯草和蓬骨间去；
是正午了：人们抛下了他们的犁，
而我，我将在明耀的水中看见你的跣足。

——译自果尔蒙《西茉纳集》

一只狼

白昼使我惊异而黑夜使我恐怖
夏天纠缠着我而冬天追踪着我

一头野兽把他的脚爪放在
雪上沙上或泥泞中
把它的来处比我的步子更远的脚爪
放在一个踪迹上在那里
死亡有生活的印痕。

——译自爱吕雅《爱吕雅诗选》

勇 气

巴黎寒冷巴黎饥饿

巴黎已不再在街上吃栗子

巴黎穿上了我旧的衣服

巴黎在没有空气的地下铁道站里站着睡

还有更多的不幸加到穷人身上去

而不幸的巴黎的

智慧和疯癫

是纯净的空气是火

是美是它的饥饿的

劳动者们的仁善

不要呼救啊巴黎

你是过着一种无比的生活

而在你的惨白你的瘦削的赤裸后面

一切人性的东西在你眼底显露出来

巴黎我的美丽的城

像一枚针一样细像一把剑一样强

天真而博学

你忍受不住那不正义

对于你这是唯一的无秩序

你将解放你自己巴黎

像一颗星一样战栗的巴黎

我们的残存着的希望

你将从疲倦和污泥中解放你自己

弟兄们我们要有勇气

我们这些没有戴钢盔

没有穿皮靴又没有戴手套也没有受好教养的人

一道光线在我们的血脉中亮起来

我们的光回到我们这里来了

我们之中最好的人已为我们而死了

而现在他们的血又找到了我们的心

而现在重新是早晨一个巴黎的早晨

解放的黎明

新生的春天的空间

傻笨的力量战败了

这些奴隶我们的敌人

如果他们明白了

如果他们有了解的能力

便会站起来的

————译自爱吕雅《爱吕雅诗选》

自 由

在我的小学生的练习簿上
在我们书桌上和树上
在沙上在雪上
我写了你的名字

在一切读过的书页上
在一切空白的书页上
石头、血、纸或灰上
我写了你的名字

在金色的图像上
在战士的手臂上
在帝王的冠上
我写了你的名字

在林莽上和沙漠上
在鸟巢上和金雀枝上
在我童年的回声上
我写了你的名字

在夜间的奇迹上
在白昼的白面包上
在结亲的季节上
我写了你的名字

在我一切春天的破布上
在发霉的太阳池塘上
在活的月亮湖沿上
我写了你的名字

在田野上在天涯上
在鸟儿的翼翅上
和在阴影的风磨上
我写了你的名字

在每一阵晨曦上
在海上在船上
在发狂的大山上
我写了你的名字

在云的苔藓上
在暴风雨的汗上
在又厚又无味的雨上
我写了你的名字

在晶耀的形象上
在颜色的钟上
在物质的真理上
我写了你的名字

在觉醒的小径上
在展开的大路上
在满溢的广场上
我写了你的名字
在燃着的灯上

在熄灭的灯上
在我的集合的房屋上
我写了你的名字

在我的镜子和我的卧房的
一剖为二的果子上
在我的空贝壳床上
我写了你的名字

在我的贪食而温柔的狗上
在它的竖起的耳朵上
在它的笨拙的脚上
我写了你的名字

在我的门的跳板上
在熟稔的东西上
在祝福的火的波上
我写了你的名字

在应允的肉体上
在我的朋友们的前额上
在每只伸出来的手上
我写了你的名字

在出其不意的窗上
在留意的嘴唇上
高高在寂静的上面
我写了你的名字

在我的毁坏了的藏身处上
在我的崩坍的灯塔上

在我的烦闷的墙上
我写了你的名字

在没有愿望的别离上
在赤裸的孤寂上
在死亡的阶坡上
我写了你的名字

在恢复了的健康上
在消失了的冒险上
在没有记忆的希望上
我写了你的名字

于是由于一个字的力量
我重新开始我的生活
我是为了认识你
为了唤你的名字而成的
自由

——译自爱吕雅《爱吕雅诗选》

蠢而恶

从里面来

从外面来

这是我们的敌人

他们从上面来

他们从下面来

从近处来从远处来

从右面来从左面来

穿着绿色的衣服,

穿着灰色的衣服,

太短的上衣,

太长的大氅;

颠倒的十字架,

因他们的枪而高,

因他们的刀而短,

因他们的间谍而骄傲,

因他们的刽子手而有力

而且满涨着悲伤

全身武装

武装到地下

因行敬礼而僵直

又因害怕而僵直

在他们的牧人前面

渗湿着啤酒

渗湿着月亮

庄重地唱着

皮靴的歌

他们已忘记

为人所爱的快乐

当他们说是的时候

一切回答他们不

当他们说黄金的时候

一切都是铅做的

可是在他们的阴影下

一切都将是黄金的

一切都会年青起来

让他们走吧让他们死吧

我们只要他们的死亡就够了

我们爱着的人们

他们会脱逃了

我们会关心他们

在一个新的世界的

一个在本位的世界的

光荣的早晨

——译自爱吕雅《爱吕雅诗选》

战时情诗七章

> 我在这个地方写作,在那里,人们是被围在垃圾、干渴、沉默和饥饿之中……
> ——阿拉贡:《蜡像馆》

一

在你眼睛里一只船

控制住了风

你的眼睛是那

一霎时重找到的土地

耐心地你的眼睛等待着我们

在森林的树木下面

在雨中在暴风中

在峰巅的雪上

在孩子们的眼睛和游戏间

耐心地你的眼睛等待着我们

他们是一个谷

比单独一茎草更温柔

他们的太阳把重量给与

人类的贫瘠的收获

等着我们为了看见我们

永久地

因为我们带来爱

爱的青春

和爱的理由

爱的智慧

和不朽。

二

我们比最大的会战人还多的

眼睛的日子

我们战胜时间的眼睛的

诸城市和诸乡郊

在清凉的谷中燃烧着

液体而坚强的太阳

而在草上张扬着

春天的桃色的肉体

夜晚闭上了它的翼翅

在绝望的巴黎上面

我们的灯支持着夜

像一个俘虏支持着自由

三

温柔而赤裸地流着的泉源

到处开花的夜

那我们在一个微弱疯狂的

战斗之中联合在一起的夜

还有那辱骂我们的夜

其中床深陷着的夜

空洞而没有孤独

一种临死痛苦的未来。

四

这是一枝植物

它敲着地的门

这是一个孩子

它敲着它母亲的门

这是雨和太阳

它们和孩子一起生

和植物一起长大

和孩子一起开花

我听到推理和笑。

人们计算过

可能给一个孩子受的痛苦

那么多不至于呕吐的耻辱

那么多不至于死亡的眼泪

在暗黑而张开恐怖的大口的

穹窿下的一片脚步声

人们刚拔起了那枝植物

人们刚糟蹋了那孩子

用了贫困和烦闷。

五

心的角隅他们客气地说
爱和仇和光荣的角隅
我们回答而我们的眼睛反映着
那作为我们的避难处的真理

我们从来没有开始过
我们一向互相爱着
而因为我们互相爱着
我们愿意把其余的人
从他们冰冷的孤独中解放出来

我们愿意而我说我愿意
我说你愿意而我们愿意
使光无限永照
从辉映着德行的一对对
从装着大胆的甲的一对对
因为他们的眼睛是相对着
而且因为他们在其余的人的生活中有着他
们的目的

六

我们不向你们吹喇叭
为要更清楚给你们看不幸
正如它那样地很大很蠢
而且因为是整个地而更蠢

我们只单独要求死

单独要求泥土拦住我们
但是现在却是羞耻
来把我们活活地围砌住

无限的恶的羞耻
荒谬的刽子手的羞耻
老是那几个老是
那爱着自己的那几个

受刑者的群列的羞耻
焦土话语的羞耻
可是我们并不为我们的受苦而羞耻
可是我们并不为觉得羞耻而羞耻

在逃走的战士们后面
就是一只鸟也不再活
空气中空无呜咽
空无我们的天真

鸣响着憎怅和复仇

七

凭着完善深沉的前额的名义
凭着我所凝看着的眼睛
和今天以及永远
我所吻着的嘴的名义

凭着埋葬了的希望的名义
凭着暗黑中的眼泪的名义
凭着使人大笑的怨语的名义

凭着使人害怕的笑的名义

凭着联住我们的手的温柔的
路上的笑声的名义
凭着在一片美丽的好土地上
遮盖着花的果子的名义

凭着在牢狱中的男子们的名义
凭着受流刑的妇女们的名义
凭着为了没有接受暗影
而殉难和被虐杀了的
我们的一切弟兄们的名义

我们应该渗干愤怒
并且使铁站起来
为的是要保存
那到处受追捕
但却将到处胜利的
天真的人们的崇高的影像

————译自爱吕雅《爱吕雅诗选》

水呀你到哪儿去

水呀你到哪儿去?
我顺着河流,
一路笑到海边去。

海呀你到哪里去?

我向上面的河流,
找个地方歇脚去。

赤杨呀,你呢,你做什么?

我对你什么话也没有,
我呀……我颤抖!

我要什么,我不要什么,
问河去还是问海去?

(四只没有方向的鸟儿,在高高的赤杨树上。)

——译自洛尔迦《洛尔迦诗抄》

三河小谣

瓜达基维河
在橙子和橄榄林里流。
格拉那达的两条河,
从雪里流到小麦的田畴。

哎,爱情呀,
一去不回头!

瓜达基维河,
一把胡须红又红。
格拉那达的两条河,
一条在流血,一条在哀恸。

哎,爱情呀,
一去永随风!

塞维拉有条小路
给帆船通航。
格拉那达的水上,
只有叹息在打桨。

哎,爱情呀,
一去不回乡!

瓜达基维河的橙子林里,

高阁凌空,香风徐动。
陶洛和赫尼尔的野塘边,
荒废的小楼儿孤耸。

哎,爱情呀,
一去永无踪!

谁说水会送来
一个哭泣的磷火!

哎,爱情呀,
一去不回顾!

带些橄榄,带些橙花,
安达路西亚,给你的海洋。

哎,爱情呀,
一去永难忘!

——译自洛尔迦《洛尔迦诗抄》

村　庄

精光的山头

一片骷髅场。

绿水清又清

百年的橄榄树成行。

路上行人

都裹着大氅,

高楼顶上,

风旗旋转回往。

永远地

旋转回往。

啊,悲哀的安达路西亚

没落的村庄!

　　　　——译自洛尔迦《洛尔迦诗抄》

吉他琴

吉他琴的呜咽
开始了。
黎明的酒杯
破了。
吉他琴的呜咽
开始了。
要止住它
没有用,
要止住它
不可能。
它单调地哭泣,
像水在哭泣,
像风在雪上
哭泣。
要止住它
不可能。
它哭泣,是为了
远方的东西。
要求看白茶花的
和暖的南方的沙。
哭泣,没有鹄的箭,
没有晨晓的夜晚,

于是第一只鸟
死在枝上。
啊，吉他琴！
心里刺进了
五柄利剑。

——译自洛尔迦《洛尔迦诗抄》

梦游人谣

绿啊，我多么爱你这绿色。
绿的风，绿的树枝。
船在海上，
马在山中。
影子裹住她的腰，
她在露台上做梦。
绿的肌肉，绿的头发，
还有银子般沁凉的眼睛。
绿啊，我多么爱你这绿色。
在吉卜赛人的月亮下，
一切东西都看着她，
而她却看不见它们。

绿啊，我多么爱你这绿色
繁星似的霜花
和那打开黎明之路的
黑暗的鱼一同来到。
无花果用砂皮似的树叶
磨擦着风，
山像野猫似的耸起了
它的激怒了的龙舌兰。
可是谁来了？从哪儿来的？

她徘徊在露台上，
绿的肌肉，绿的头发，
在梦见苦辛的大海。
——朋友，我想要
把我的马换你的屋子
把我的鞍辔换你的镜子，
把我的短刀换你的毛毯。
朋友，我是从喀勒拉港口
流血回来的。
——要是我办得到，年轻人，
这交易一准成功。
可是我已经不再是我，
我的屋子也不再是我的。
——朋友，我要善终在
我自己的铁床上，
如果可能，
还得有荷兰布的被单。
你没有看见我
从胸口直到喉咙的伤口？
——你的白衬衫上
染了三百朵黑玫瑰
你的血还在腥气地
沿着你的腰带渗出。
但我已经不再是我，
我的屋子也不再是我的。
——至少让我爬上
这高高的露台；

允许我上来！允许我
爬上这绿色的露台。
月光照耀的露台，
那儿可以听到海水的回声。

于是这两个伙伴
走上那高高的露台。
留下了一缕血迹。
留下了一条泪痕。
许多铅皮的小灯笼
在人家屋顶上闪烁。
千百个水晶的手鼓，
在伤害黎明。
绿啊，我多么爱你这绿色，
绿的风，绿的树枝。
两个伙伴一同上去。
长风留给他们嘴里
一种苦胆，薄荷和玉香草的
稀有的味道。
朋友，告诉我，她在哪里？
你那个苦辛的姑娘在哪里？
她等候过你多少次？
她还会等候你多少次？
冷的脸，黑的头发，
在这绿色的露台上！

那吉卜赛姑娘
在水池上摇曳着。

绿的肌肉，绿的头发，

还有银子般沁凉的眼睛。

一片冰雪似的月光

把她扶住在水上。

夜色亲密得

像一个小小的广场。

喝醉了的宪警

正在打门。

绿啊，我多么爱你这绿色。

绿的风，绿的树枝。

船在海上，

马在山中。

——译自洛尔迦《洛尔迦诗抄》

蔷薇小曲

蔷薇
不寻找晨曦：
在肉体和梦的边缘，
她寻找别的东西。

蔷薇
不寻找科学和荫翳：
几乎是永恒地在枝上
她寻找别的东西。

蔷薇
不寻找蔷薇：
寂静地向天上，
她寻找别的东西！

——译自洛尔迦《洛尔迦诗抄》

译文：爱经

戴望舒作品精选

第一卷

假如在我们国中有个人不懂得爱术，他只要读了这篇诗，读时他便理会，他便会爱了。

用帆和桨使船儿航行得很快的是艺术，使车儿驰行得很轻捷的是艺术：艺术亦应得统治阿谟尔[1]。沃岛美东[2]擅于驾车和运用那柔顺的马缰，谛费斯[3]是海木尼阿[4]的船的舵工。而我呢，维娜丝[5]曾经叫我做过她的小阿谟尔的老师，人们将称我为阿谟尔的谛费斯和沃岛美东。他是生来倔强的，他时常向我顽抗，但是他是个孩子，柔顺的年龄，是听人指挥的，菲丽拉的儿子[6]用琴韵来教育阿岂赖斯[7]，靠这平寂的艺术，驯服了他的野性，这个人，他多少次使他的同伴，使他的敌人恐怖，有人说看见他在一个衰颓的老人前却站颤着，他的那双使海克笃尔[8]都感到分量的手，当他老师叫他拿出来时，他却会伸出来受罚。岂龙是艾阿古斯[9]的孙子的蒙师；我呢，我是阿谟尔

---

1. Amor，爱情之神，或称柯毗陀Capido，就是希腊神话上的爱卢斯Eros，是维娜丝，在希腊神话是阿孚罗谛特Aphroditc的儿子，作小儿状，生翼，手执弓矢。
2. Automedon，阿岂赖斯的御人。
3. Tiphys，是约松Iason坐着去取金羊毛的阿尔戈船Argo的舵工。
4. 指阿尔戈船，它是用带沙利阿Thessalia的贝利翁山Pelion的树木造成的，带沙利阿旧名叫海木尼阿Haemonia，故云。
5. Venus，司恋爱之女神。
6. Philyra，是岂龙Chiron的母亲。
7. Achilles，希腊英雄，伊里阿特中之名将。
8. Hector，伊里阿特中之名将，脱洛伊人中之最勇者，后为阿岂赖斯所杀。
9. Aeacus，是阿岂赖斯的祖父。

的。两个都是可畏的孩子，两个都是女神的儿子[10]。可是骄恣的雄牛终究驾着耕犁之轭，勇敢的战马徒然嚼着那控制着它的辔头。我亦如此，我降伏阿谟尔，虽然他的箭伤了我的心，又在我面前摇动着他的明耀的火炬。他的箭愈是尖，他的火愈是烈，他愈是激起我去报复我的伤痕。斐菩斯[11]啊，我决不会冒充说那我所教的艺术是受你的影响而来的；传授我这艺术的更不是鸟儿的歌声和振羽，当我在你的山谷，阿斯克拉啊[12]，牧羊时，我没有看见过格丽奥[13]和格丽奥的姐妹们[14]。经验是我的导师：听从有心得的诗人罢。真实，这就是我要唱的：帮助我罢，阿谟尔的母亲！走开得远些，你轻盈的细带，贞节的征[15]，而你，曳地的长衣[16]，你将我们的贵妇们的纤足遮住了一半！我们要唱的是没有危险的欢乐和批准的偷香窃玉[17]，我的诗是没有一点可以责备的。

　　愿意投到维娜丝旗帜下的学习兵，第一，你当留心去寻找你的恋爱的对象；其次，你当留心去勾引那你所心爱的女子；其三，要使这爱情维持久长。这就是我的范围，这就是我的马车要跑的跑场；这就是那应当达到的目的。

　　当你一无羁绊，任意地要到哪里就到哪里的时光，你去选一个可以向她说："唯有你使我怜爱"的人儿。她不会乘着

---

10. 阿谟尔是维娜丝之子，阿岂赖斯是黛蒂丝Thetis之子。
11. Phoebus，即阿普罗Apollo，日神，文艺之神。
12. Ascra，古希腊大诗人海西沃度斯Hesiodus的故乡。
13. Clio，九位文艺女神之一，司历史。
14. 指九位缪赛（文艺女神）。
15. 这种轻盈的细带只有没有嫁人的处女可以佩戴；奴隶，异国人，或新从奴隶中解放出来的女子是不能佩戴的。
16. 这是一种罩在衣衫上的一直遮到脚上的长衣，只有罗马的贵妇可以穿。
17. 在罗马，和有夫之妇发生关系，不比和奴隶，异国人和受解放的奴隶，是很危险的。犯了奸淫的人要被从屋上掷到地上或是鞭笞至死。

一阵好风儿从天上吹下来的,那中你的意的美人是应当用你的眼睛去找的。猎人很知道他应该在什么地方张他的鹿网,他很知道在那一个谷中野猪有它的巢穴。捕鸟的人认识那利于他的黏竿的树林,而渔夫也不会不知道在哪一条水中鱼最多。你也如此,要找一个经久的爱情的目的物,亦应该第一个要知道在哪里能遇着许多少女。要去找她们,你也用不到坐船航海,也不用旅行到远方去。拜尔塞斯[18]从鳖黑的印度人中找到他的昂德萝美黛[19],弗里基阿人[20]掠到了一个希腊女子[21],我很愿这样。但是单单一个罗马已够供给你一样美丽的女子,又如此的多,使你不得不承认说:"我们的城中有世界一切的美人。"正如迦尔迦拉[22]之丰于麦穗,麦丁那[23]之富有葡萄,海洋之有鱼,树林之有鸟,天之有星,在你所居住着的罗马,也一样地有如此许多的年轻的美女,阿谟尔的母亲已在她亲爱的艾耐阿斯[24]的城中定了居所。假如你是迷恋着青春年少又正在发育的美女,一个真正无瑕的少女就会使你看中意了,假如你欢喜年纪大一点的,成千的少妇都会使你欢心,而你便会有选择的困难了;可是或许一个中年有经验的妇人在你是格外有情趣,那么,相信我,这种人是更众多了。

当太阳触到海尔古赖斯的狮子背脊的时候[25],你只要到朋

---

18. Perseus,是主神袭比德Juppiter,即希腊神话上的宙斯Zeus之子,在杀了怪物梅度沙Medusa之后,他乘了梅度沙血变成的飞马贝迦苏斯Pegasus来到艾帝沃比阿Aethiodia国,在那里,国王凯弗斯Cepheus为了要免除海怪的见扰,将他的女儿昂德萝美黛来献祭,拜尔塞斯杀了海怪,便娶了昂德萝美黛。
19. Andromede,见前条。
20. 弗里基阿人指巴黎斯Paris,事迹见伊里阿特。
21. 希腊女子指美女海伦Helena,事迹见伊里阿特。
22. Gargara,米西阿Mysia,的伊达山Ida的最高峰,和它下面的城镇的名字。
23. Methymna,是赖斯步司岛Lesbos中的一个镇。
24. Aeneas,是维娜丝的儿子,罗马人的先祖。
25. 七月。

贝尤斯门[26]的凉荫下慢慢地去散步，或是在那个慈母，为要加一重礼物到她的儿子的礼物上，使人用异国的云石造成的华丽的纪念物旁闲行[27]。不要忘记去访那充满了古画的廊庑，名叫丽薇雅[28]，这就是它的创立者；也不要忘了那你在那里可以看见那些谋害不幸的堂兄弟们的培鲁斯的孙女们[29]和她们的手中握着剑的残忍的父亲[30]的廊庑[31]。更不要忘记那维娜丝所哀哭的阿陶尼斯[32]节，和叙里亚的犹太人每礼拜第七日所举行的大祭典。更不要避开牝牛，埃及的披着麻衣的女神的神殿，她使许多妇人模仿她的对裘比德做的事[33]。就是那市场（谁会相信呢？）也是利于阿谟尔的，随他多少哗闹，一缕情焰却从那里生出来。在供奉维娜丝的云石的神殿下，阿比阿斯[34]用飞泉来射到空中。在那个地方，有许多法学家，为阿谟尔所缚，而这些能保障别人的却不能保障自己。时常地，在这个地方，就是那最善辩的人也缺乏了辞令：新的利益占据着他，使他不得不为自己的利害而辩论了。在邻近，维娜丝在她的殿上笑着他的窘态：不久之前还是保护别人的，现在却只希望受人

---

26. Pompeius（公元前107~前48年），罗马大将第一次三头政治执政之一。
27. 指屋大薇门和与它毗连的马尔凯卢斯剧场；马尔凯卢斯Marcellus是屋大薇Octavia的儿子。
28. Livia（公元前56年~公元后59年），奥格斯特Augustus之妻。
29. 培鲁斯Belus的孙女们，即达那乌斯Danaus的女儿们，一共有五十个，她们，除了幼女西拜尔纳丝特拉Hypermnestra外，都受她们的父亲达那乌斯的指使，在婚夜中杀了她们的新郎，就是她们的堂弟兄。
30. 见前条。
31. 指巴拉丁山Palatium上的阿普罗廊庑。
32. Adonis，是一个美丽的少年，维娜丝的爱人，为野猪所伤而死。为纪念他的死，每年人民在城中排班游行，抬着一个吊床，上面放着阿陶尼斯的蜡像，盖满了花，女人们则唱哀歌，到了早晨这蜡像就被投在海里。
33. 指伊西丝Isis，埃及繁殖的女神，有时画作牛头形。就等于希腊神话上的伊沃Io，被裘比德所恋，海拉Hera妒忌她，将她变作一头母牛。
34. Appias，一群水精，维娜丝神殿前雕像。

保护了。

可是尤其应在剧场和它的半圆的座位中撒你的网：这些是最富于好机会的地方。在那里，你可以找到某个勾动你，某个你可以欺骗，某个不过是朵过路的闲花，某个你可以和她发生久长的关系。好像蚂蚁在长阵中来来往往的载着它们的食品谷子，或是像那些蜜蜂找到了它们的猎品香草时，轻飞在茴香和花枝上，女子也如此，浓妆艳服着，忙着向那群众走去的戏场去；她们的数目往往使我选择为难。她们是去看的，可是她们尤其是去被看的；这在贞洁是一个危险的地方。这是你开端的啊，罗摩路斯[35]，你将烦恼混到游艺中，掳掠沙皮尼族[36]的女子给你的战士作妻子。那时垂幕还没有装饰了云石的戏场、番红花汁还未染红了舞台。从巴拉丁山的树上采下来的树叶的彩带是不精致的戏场的唯一的装饰品。在分作级段的草地的座位上，人民都坐着，用树叶遮漫着他们的头发。每个人向自己周围观望，注意他所渴望的少女，在心中悄悄地盘旋着万虑千思。当在号角声中一个狂剧伶人用脚在平地上顿了三下时，在人民的欢呼声中，罗摩路斯便发下暗号给他部下夺取各人的猎品。他们突然发出那泄露他们的阴谋的呼声奔向前去，用他们的贪婪的手投到年轻的处女身上。正如一群胆小的鸽子奔逃在老鹰之前，正如一头小绵羊见了狼影儿奔逃，沙皮尼的女子也一样地战颤着，当她们看见那些横蛮的战士向她们扑过来时。她们全都脸色惨白了：因为她们都很惊慌，虽然惊慌的表现是各不相同的。有的自己抓着自己的头发，有的坐在位子上晕过去了；这个默默地哭泣，那个徒然地喊着她的母

---

[35]. Romulus，传说是罗马的建设者和第一个国王，曾吩咐他的部下在一个大庆中抢劫沙皮尼人的妇女为妻。
[36]. Sabini，意大利的古民族。

亲；其余或是鸣咽着，或是惊呆了；有的不动地站着，有的想逃走。人们便牵着那些女子，注定于他们的婚床的猎品，有许多因为惊慌而格外见得美丽了。假如有一个女子太反抗，不肯从那抢她的人，他便抱她起来，热情地将她紧贴在胸口，向她说："为什么用眼泪来掩了你的妙目的光辉呢？凡你父亲之用以对你母亲的，我便用以对你。"哦，罗摩路斯！只有你能适当地奖赏你的兵士：为了这种奖品，我很愿意投到你的旗帜之下。这是一定的，由于对这古习惯的忠实，直到现在，剧场还设着为美人们的陷阱。

更不要忘了那骏马竞赛的跑马场。这个聚集着无数的群众的竞技场，是有很多的机会的。用不到做手势来表示你的秘密，而点头也是不需要的，去表示你是含有一种特别作用。你去坐在她身旁，并排的，越贴近越妙，这是不妨的；狭窄的地位使她和你挤得很紧，她是没有法子，在你却幸福极了。于是你便找一个起因和她谈话，起初先和她说几句普通的常谈。骏马进了竞技场，你便急忙地去问她马的主人的名字，随便她欢喜哪一匹马，你立刻就要附和她。可是，当那以壮士相斗作先导的赛神会的长行列进来时[37]，你便兴高采烈地对她的保护人维娜丝喝彩。假如，偶然有一点尘埃飞到你的美人的胸头，你便轻轻地用手指拂去它；假如没有尘埃，你也尽去拂拭着；总之你应当去借用那些冠冕堂皇的因头，她的衣裙是曳在地上吗？你将它揭起来，使得没有东西可以弄脏了它。为了你这种殷勤，她会一点不怒地给你一个瞻仰她的腿的恩惠作偿报了。此外你更当注意坐在她后面的看客，恐怕那伸得太出的膝

---

37. 赛神会的行列在竞技场的游艺的开始时，从袁比德神殿出来，穿过市场和牲口市场，然后到竞技场来，在场中绕一个圈子。神祇的像放在车中，或在肩舆上。

踝会碰着了她的肩头。这些琐细的事情能笼络住她们轻盈的灵魂，多少多情的男子在一个美女身边成功，就因为他小心地安好一个坐垫，用一把扇子为她摇风，或是放一张踏脚凳在她的纤足下。这些一切新爱情的好机会，你都可以在竞技场和为结怨的烦虑所变作忧愁的市场中找到。阿谟尔时常欢喜在那儿作战。在那里，那看着别人的伤痕的人，自己却感到受了伤。他说话，他为这个或是那个相扑人和人打赌，他刚接触着对方的乎，他摆出东道去问谁得胜，忽然一枝飞快的箭射透了他。他呼号了一声，于是起初是看斗的看客，如今自己变成牺牲者之一了。

不久前，该撒[38]给我们看那海战的戏，在那里，波斯的战舰和凯克洛泊斯的儿郎[39]的战舰交战[40]，那时两性的青年从各处跑来看这戏。罗马在那时好像是个世界的幽会地。在这人群中，谁没有找到一个恋爱的目的物呢？啊啊！多少的人被一缕异国的情焰烧得焦头烂额！

可是该撒预备去统一全世界了，现在，东方的远地啊，你们将属于我们了。巴尔底人[41]啊，你们就要受罚了。克拉苏斯[42]，在你的墓中享乐啊；而你们，不幸落在蛮族手中的旗帜啊，你们的复仇者已前进了；年纪还很轻的时候，他就有英雄的气概，虽则还是个孩子[43]，他却已指挥那孩子力所不及的军

---

38. 指Caesar Octavius Augustus（公元前63~公元前14），是Gaius Julius Caesar（公元前102~公元前44）的侄儿。
39. 凯克洛泊斯Ceerops，传说是雅典的创立者，凯克洛泊斯的儿郎就是指雅典人。
40. 指希腊舰队在爱琴海打败波斯舰队那回事。
41. Parthi，古民族之一，罗马人的敌人，时常来扰罗马。
42. Crassus（公元前115~公元前53），罗马大将，第一次三头政治总裁之一；为巴尔底人所谋杀。
43. 指凯乌斯·该撒Caius Caesar，绰号"小兵靴"CaUgula，是奥格斯特的曾孙，

队了。懦怯的人们，不要去计算神祇的年龄罢，在该撒们中，勇敢是超过年岁的。他们的神明的天才是走在时间的前面而发着怒，不耐那迟缓的长大。还是一个小小的婴孩，谛伦斯的英雄[44]已经用他的手扼死两条蛇了，他从小就做裘比德的肖子了。而你，老是童颜的巴古斯[45]，你是多么伟大啊，当战败的印度战栗在你的松球杖[46]前时！孩子啊[47]，这是在你祖先的保护之下和用你祖先的勇气，你将带起兵来，又将在你祖先的保护之下和用你祖先的勇气战胜他人，一个如此的开端方能与你的鸿名相符。今日的青年王侯，有一朝你将做元老院议长。你有许多弟兄，为那对你弟兄们的侮辱报仇啊。你有一个父亲，拥护你父亲的权利啊。交付你兵权的是国父，也是你自己的父亲。只有仇敌，他才会篡窃父亲的王位[48]。你呢，佩着神圣的武器，他呢，佩着背誓的箭。人们会看见，在你的旗帜前，神圣的正义走着。本来屈于理的，他们当然屈于兵力了！愿我的英雄将东方的财富带到拉丁姆[49]来。马尔斯神[50]，还有你，该撒神，在他出发时，助他一臂的神力罢，因为你们两个中一个已经成神了，另一个一朝也将成神的。是的，我预先测到了，你将战胜的，我许下一个心愿为你制一篇诗，在那里我的嘴很

当时只有二十岁，是一个很有作为的人，待做了国王后，他便立刻变成一个疯狂的暴君，"让他们恨我，但是让他们怕我。"Oderini, dummetuant, 这是他对臣仆的态度，后为自己的臣仆谋杀。

44. 谛伦斯Tiryns是海尔古赖斯Herculcs的家乡，谛伦斯的英雄就是指海尔古赖斯，他小时在摇篮扼死了两条大蛇，这就是裘娜Juno, 就是希腊神话中的Hera, 遣来害死他的。

45. Bacchus, 酒神；希腊神话上说他曾被裘娜所逐，漫游各地。他的游程中最著名的是远征印度，据说历年甚久，胜利而回。

46. 酒神巴古斯的杖，杖端为一松球，缠以葡萄蔓及常春藤。

47. 指凯乌斯·该撒，见注43。

48. 指巴尔底的王弗拉特第五Phraate弑父奥洛特Orode而篡位。

49. Latium, 罗马所在的地方。

50. Mars, 战神。

会为你找到流利的音调。我将描写你全身披挂,用一篇我理想出来的演说鼓励起你的士卒。我希望我的诗能配得上你的英武!我将描写那巴尔底人反身而走,罗马人挺胸追逐,和敌人奔逃时从马上发出箭来。哦,巴尔底人,你想全师而退,可是你战败后还剩下些什么呢?巴尔底人啊,从此以后马尔斯只给你不吉的预兆了。世人中之最美者,有一朝我们将看见你满披着黄金[51],驾着四匹白马回到我们城下。在你的前面,走着那些颈上系着铁链的敌将们,他们已不能像从前一样地逃走了。青年和少女都将快乐地来参与这个盛会,这一天将大快人心,那时假如有个少女问你那人们背着的画图上的战败的王侯的名字,什么地方,什么小川,你应当完完全全地回答她,而且要不等她问就说,即使有些是你所不知道的,你也当好像很熟悉地说出来。这就是曷弗拉带斯河[52],那在额上缠着芦苇的,那披着深蓝色的假发的,就是帝格里斯河。那些走过来的,说他们是阿尔美尼阿[53]人,这女子就是波斯,它的第一个国王是达纳爱[54]的儿子,这是一座在阿凯曼耐斯的子孙的[55]谷中的城。这个囚徒或者那个囚徒都是将士。假如你能够,你便可以一个一个地照他们的脸儿取名字,至少要和他们相告的。

筵席和宴会中也有绝好的机会,人们在那里所找到的不只是饮酒的欢乐。在那里红颊的阿漠尔将巴古斯的双翅拥在他纤细的臂间。待到他的翼翅为酒所浸湿时,沉重不能飞的柯毗陀便不动地停留在原处了。可是不久他便摇动他的湿翅,于是

---

51. 凯旋者披着的Toga picta是绛红色又缀着金星的。
52. Euphrates,亚洲西部的一条河,出源于阿尔美尼阿,接连帝格里斯Tigris河,流入波斯湾。
53. Armenia,亚洲西部地名。
54. Danac,启路斯Cyrus,波斯开国人,是她的子孙。
55. Achaemenes,是启路斯的祖父,阿凯曼耐斯的子孙即波斯人。

那些心上沾着这种炎热的露水的人便不幸了。酒将心安置在温柔中使它易于燃烧，烦虑全消了，被狂饮所消去了。于是欢笑来了。于是穷人也鼓起勇气，自信已是富人了，更没有痛苦，不安，额上的皱纹也平复下去，心花大开，而那在今日是如此稀罕的爽直又把矫饰驱逐了。在那里，青年人的心是常被少女所缚住的；酒后的维娜丝，便是火上加火。可是你切莫轻信那欺人的灯光，为要评断美人，夜和酒都不是好的评判者。那是在日间，在天光之下，巴黎斯看见那三位女神[56]，对维娜丝说："你胜过你的两个敌人，维娜丝。"黑夜抹杀了许多污点又隐藏了许多缺陷，在那个时候，任何女人都似乎是美丽的了。别人评断宝石和红绫是在日间的，所以评断人体的线和容貌也须在日间的。

我可要计算计算那猎美人的一切的会集处吗？我不如去计算海沙的数目罢。我可要说那拔页[57]，拔页的沿岸和那滚着发烟的硫磺泉的浴池吗？在出浴时，许许多多洗浴人的心中都受了伤创，又喊着："这受人称颂的水并没有像别人所说的那样合于卫生之道。"离罗马城不远[58]，便是第阿娜[59]的神殿，

---

56. 三位女神是：罗娜丝，裘娜和阿黛那Athena。在柏勒斯Peleus和黛蒂丝结婚时，大宴诸神，惟没有请司不和的女神艾里Eris，艾里斯大怒，将一个上而刻着"给最美者"字样的金苹果投在席上，于是维娜丝，裘娜，阿黛那三位女神便相争这个金苹果，因为她们都自己以为是最美丽者。主神宙斯叫她们到巴黎斯那里去，由他评定谁美。巴黎斯评定维娜丝最美，因为她许他得到最美丽的妻子，后来巴黎斯航海到希腊诱得海伦，因了她，后来就发生了特洛伊战役。

57. Bajae, 是在纳泊尔湾中的一个城，以矿泉著名。罗马人在那里筑了许多华丽的浴场。

58. 第阿娜Diana, 是罗马神话上的月神和佃猎女神，是一个独身女神，即等于希腊神话上的亚耳台米思Artemis。她的神殿在阿利启阿Aricia，离罗马城二十五基罗米突的拉丁姆的小城，在阿尔巴奴思山下，一个名叫第阿娜镜Speculum Dianae的湖畔。神殿的祭司名叫"树林之王"Rex Nemoresis, 要得到这祭师之职，必须要决斗死前任的祭师。

59. 同上。

荫着树木，这个主是赤血和干戈换来的[60]。因为她是处女，因为她怕柯毗陀酌箭。这女神已经伤了许多她的信徒，后来还将伤许多。

在哪里选择你的爱情的目的物，在哪里布你的网？到现在那驾在一个不平衡的车轮的车上的达丽阿[61]已指示给你了。如今我所要教你的是如何去笼络住那你所爱的人儿，我的功课最要紧的地方就在这里。各地的多情人，望你们当心听我，愿我的允诺找到一个顺利的演说场。

第一，你须得要坚信任何女子都可以到手的，你将取得她们，只要布你的网就是了。春天会没有鸟儿的歌声，夏天会没有蝉声的高唱，野兔子会赶跑了梅拿鲁思[62]的狗。假如女子会不容纳男子的挑拨。你以为她是不愿的，其实她心中却早已暗暗地愿意了。偷偷摸摸的恋爱在女子看来正是和男子看来一样地有味儿的，但是男子不很知道矫作，女子却将她们的心情掩饰得很好。假如男子大家都不先出手，那被屈服的女子立刻就出手了。在那芳草地上，多情地呼着雄牛的是牝牛，牝马在靠近雄马时又嘶了。在我们人类中，热情是格外节制些，不奔放些，人类的情焰是不会和自然相背的。我可要说皮勃丽思吗？她为了她的哥哥烧起了那罪恶的情焰，然后自缢了，勇敢地去责罚自己的罪[63]。米拉[64]爱她的父亲，可是并非用一种女儿对父亲的爱情，如今她已将她的羞耻隐藏在那裹住她的树皮

---

60. 同上。

61. Thalia，九位文艺女神之一，司喜剧和牧歌。不平行的车轮是指悲歌的两章而言。

62. Maenalus，是阿尔迦第阿Arcadia的一座山名。

63. Byblis，是一个水仙，爱着她的哥哥迦奴思Cannus，徒然地追逐着他经过许多地方，终于自缢而死，化作一道泉水。见沃维第乌思的《变形记》。

64. Myrrha，她的父亲是岂尼拉思Cinyras。这件不幸的事是维娜丝在作祟。见沃维第乌思的《变形记》。

中了。成了芳树，她倾出眼泪来给我们作香料，又保留下这不幸的女子的名字。在遮满了丛树的伊达[65]的幽谷中，有一头白色的雄牛，这是群牛中的光荣。它的额上有一点小黑斑，只有这一点，在两角之间，身上其余完全是乳白色的。格诺苏思[66]和启道奈阿[67]的牝牛都争以得到被它压在背上为荣幸。葩西法艾[68]渴望做它的情妇，她妒恨着那些美丽的牝牛。这是个已经证实的事实，那坐拥百城的克来特[69]，专事欺人说谎的克来特，也不能否认这事实。别人说那葩西法艾，用那不惯熟的手，亲自摘鲜叶和嫩草给那雄牛吃，而且，为要伴着它，她连自己丈夫都不想起了。一头雄牛竟胜于米诺[70]。葩西法艾，你为什么穿着这样豪华的衣裳？你的情夫是不懂得你的富丽的。当你到山上，去会牛群时，为什么拿着一面镜子？你为什么不停地理你的发丝？多么愚笨！至少相信你的镜子罢，它告诉你你不是一头母牛。你是多么希望在你的额上长出两只角来啊！假如你是爱米诺思的，不要去找情夫罢，或者，假如你要欺你的丈夫，至少也得和一个"人"通奸啊。可是偏不如此，那王后遗弃了龙床，奔波于树林之间，像一个被阿沃尼阿的神祇[71]所激动的跳神诸女[72]一样。多少次，她把那妒忌的目光投在一头母牛身上，说着："它为什么会得我心上的人儿的

---

65. Ida，克来特的山名。
66. Gnosus，克来特名城。
67. Cydonea，克来特北部名城。
68. Pasiphae，米诺思之后。
69. Crete，一小岛名。
70. Minos，克来特之王。
71. 指巴古斯，因为他的母亲守梅娄Semele是住在鲍艾沃帝阿Boeotia的都城带白Thebae的；鲍艾沃帝阿古名阿沃尼阿Aonia，故云。
72. Bacchae，庆祝巴古斯节日的巫女。她们奔跑着，披散头发，冠常春藤冠，手中拿着松球状，跳舞着又狂喊着。

欢心？你看它在它面前的草地上多么欢跃着啊！这蠢货无疑地自以为这样可以觉得更可爱了。"她说着便立刻吩咐将那头母牛从牛群中牵出来，或是使它低头在轭下，或是使它倒毙在一个没有诚心的献祀的祭坛下。于是她充满了欢乐将她的情敌的心脏拿在手中。她屡次杀戮了她的情敌，假说是去息神祇之怒，又拿着它们的心脏说着："现在你去娱我的情郎罢！"有时她愿意做欧罗巴[73]，有时她羡慕着伊沃[74]的命运，因为一个是母牛，还有一个是因为被一头雄牛负在背上的。可是为一头木母牛的像所蛊惑，那牛群的王使芭西法艾怀了孕，而她所产出来的果子[75]泄漏出她的羞耻的主动者。假如那另一个克来特女子[76]会不去爱谛爱斯带思[77]（在妇人专爱着一个男子是一桩多么难的事啊！）人们不会看见斐菩斯在他的中路停止了，回转他的车子，将他的马驾向东方。尼须思的女儿[78]，为了割了她父亲的光辉的头发，变成了一个腰围上长着许多恶狗的怪物。阿特拉思的儿子[79]在地上脱逃了马尔斯，在海上脱逃了奈泊都诺思[80]，终究作了他的妻子的不幸的牺牲者。谁不曾

---

73. Europa，裘比德爱上了她，变成了一头可爱的白牛，走到她身边，弯倒身子，欧罗巴戏跨在它身上，裘比德便背着她到克来特去，在那里他们生了三个孩子。
74. Io，见注33。
75. 指米诺多路思Minotaurus是芭西法艾和一头牛所生出来的，半牛半人的怪物，后为戴设斯Theseus所杀。
76. 指阿艾罗泊Aerope，米诺思的孙女，阿特拉思Atreus的妻子。
77. Thyestes，阿特拉思之弟。
78. 指丝启拉Scylla，是尼须思Nisus的女儿。她割去她父亲头上的系着命运和生命的头发送给米诺思，她的爱人，她父亲的敌人，后被变作一个腰上长着许多恶狗的怪物，或说被从船上投到海中，变作一只永远作为海鹰的猎品的小鸟。
79. 指阿迦曼农Agamemnon，特洛伊战役中希腊军的主将，还国后为她的不忠诚的妻子克丽黛纳思特拉Clytaemnestra和她的情夫艾纪思都思Aegisthus所谋杀。
80. Neptunus，海神，等于希腊神话上的Poseidon。

将眼泪洒在那烧着爱费拉[81]的克莱乌莎[82]的情焰上，和在那染着血的杀了自己的孩子的母亲身上[83]？阿明托尔[84]的儿子斐尼克思悲哭他的眼睛的失去。伊包里度思[85]的骏马，在你们的惊恐中，将你们主人的躯体弄碎了！费纳思[86]，你为什么挖去你的无辜的孩子们的眼睛啊？那报应将重复落在你头上了。妇人中无羁的热情的放荡是如此，比我们的还热烈，还奔放。勇敢啊，带着个必胜之心去上阵啊，在一千个女子中，能抵拒你的连一个都找不到。随她们容纳也好，拒绝也好，她们总欢喜别人去献好的，即使假定你是被拒绝了，这种失败在你是没有危险的。可是你怎地会被拒绝呢，一个人常会在新的陶醉中找到欢乐的，别人的东西总比自己的好，别家田中的收获总觉得格外丰饶，邻人的畜群总是格外肥壮的。

你第一个要先和你所逢迎的女子的侍女去结识，那给你进门的方便的就是她。去探听确实，她的女主人是否完全信托她，她是否她女主人的秘密的欢乐的忠心的同谋者。为要买她到手，许愿和央求一件也少不得，这样你所要求的，她都会给你办到了，一切都是出于她的高兴的。她会选择一个顺利的时

---

81. Ephyra，高林都思的古名，是希腊的一座城。
82. Creusa，高林都思的公主，约松（见注3）的妻子。
83. 指美黛阿Medea，约松的前妻，是一个魔女，她帮助约松去采金羊毛，后来约松爱上了克莱乌莎，她很妒怒，送了一个匣子给克莱乌莎，这匣子飞出火来烧死了克莱乌莎和其子。一方面美黛阿把自己和约松所生的孩子也弄死。
84. 斐尼克思Phoenix是Amymtor的儿子，为阿明托尔之妾所诬，被阿明托尔挖去眼睛。
85. Hippolytus，是戴设斯的儿子。当戴设斯和弗特拉Phaedra结婚后，菲特拉爱上了他的前妻的儿子伊包里度思，但他却拒绝了她的要求，她很失望怨恨而自缢，留下一卷对于伊包里度思的诬蔑给她的丈夫，这受骗的丈夫看了十分气愤，要求海神奈泊都诺思为他报仇，一天伊包里度思驾车到海边去，海上忽然显出一头海怪，他的马大惊，将车子撞翻，伊包里度思因而致死。
86. Phineus，他听了他后妻的谗言，弄死了他的儿子们，后来裘比德降罚于他，使他瞎了眼，而且每次有食物时，都被哈尔比艾Harpyiae（意为掠夺者），一种半鸟半妇人的怪物所抢去。

候（医生也注意时候的），要趁她女主人容易说话的时候，最受勾引的时候。在那时候，一切都向她微笑着，欢乐在她的眼中发着光，正如金穗在丰田中一样。当心怀欢快时，当它不为忧苦所缚时，它便自然地开放了，那时维娜丝便轻轻地溜了进去。伊里雍一日在愁困之中，他的兵力就和希腊的兵力对抗，那迎入藏着战士的木马进城的那天，却是一个快乐的日子啊[87]。你更要选那她受对头侮辱而啜泣的时候，使她可以要你做她的报复者。早晨，正在理发时，侍女触怒了她，为了你，她借此张帆打浆，低声说，一边还叹息着："我不相信你会恩怨分明的。"于是她便说起了你，她为你说了一篇动心的话，她说你将为情而死。可是你应当迅速从事，恐怕风就要停，帆就要落。怒气是正如薄冰一样，一期待就消化了。你要问我了：先得到那侍女的欢心可有用吗？这种办法是很偶然的。有的侍女用这办法果然能使她格外热心为你出力，有的却反不热心了。这个为你照料她女主人的恩情，那个却将你留住自己受用了。大胆者得成功，即使这句话会助你的勇气，照我的意见，免之为善。因为我是不向悬崖绝壁去找我的路的，请我来做引导的人，是不会走入迷途的。可是当侍女传书递束时，她的美丽妩媚不下于她的热忱，你总须以得到那女主人为先，侍女自然随后就来了，可是你的爱却不应该从她开始。只有一个劝告，假如你对于我所教的功课有几分信心，假如我的话不被狂风吹到大海去，千万不要冒险，否则也得弄个彻底。一朝这件风流案中侍女有了一半份儿，她便不会叛你了。翼上沾着黏的鸟不能远飞，野猪徒然地在笼住它的网中挣扎，鱼一上了钩就不能脱逃。那你已挑拨了的，你需要快快地

---

[87] 屋里赛斯以木马藏兵计陷特洛伊城。

紧逼，一直到胜利后才放手。可是你要瞒得好好地！假如你对侍女将你的聪敏藏得很好，你的情妇所做的一切在你都不成为神秘了。

相信只有农夫和水手应当顾虑时候的，实在是一个大错误。正如不应该一年到头地在那一块会欺骗我们的地上播种，或是不时地将一只小舟放到碧海上去一般，一天到晚地向一个美人进攻也是一样地靠不住的。等着一个好机会，人们是时常很好地达到目的。假如你在她的生日或是那历书上维娜丝欢喜紧接着她的爱人马尔斯的日子[88]，当竞技场已不像从前一样地装饰着些小雕像，却陈设着败王的战利品时，那时你就得停止进行了，于是凄戚的冬天来了，于是百莱阿代思[89]近了，于是温柔的山羊沉到大洋中去了[90]。那便是休息的好时候，谁要不量力去到海上去，谁就要碎了他的船甚至性命都难保。你须在那使人流那样多的眼泪的，阿里阿河染红了拉丁族的血的日子[91]或是在巴莱斯底那的叙里亚人每周所庆祝的安息日。你要十分当心你的腻友的生日，你更要把那些要送礼的日子视作禁忌日。你想脱免是徒然的，她总会弄到些你的礼物的，女人总是精于种种搜括她的热情的情人的钱的艺术。一个穿着长袍的贩子会到你情妇的家里去，她是老是预备着购买的。他将在坐着的你的面前，摊开他的货品来，于是她，为了给你一个显出你的鉴赏力的机会，要求你为她看一看，随后她会给你几个甜吻，随后她恳求你买几件。她会发誓说这些已够

---

88. 指维娜丝节日，在4月1日，当然是紧接三月，三月在拉丁文是Martius，是从马尔斯Mars变出来的。马尔斯是维娜丝恋人之一。
89. Pleiades，七星，这里是指七星落时，11月8日至11日，是时常有风暴的。
90. 指十月之初。
91. Allia，拉丁姆地方的一条河，公元前389年，罗马人在那里为迦里阿Gallia人所打败。

她几年之用了，而今天她正用得到，今天是一个机会。你说你身边没有带钱是无用的，她会请你开一个票子，那时你会懊悔你知书识字了。当她为要你的礼物，好像做生日地预备起点心来时——而且这生日又是每次当她需要什么东西时做的——怎样办呢？当她假说失了一件东西，含愁而来，泣诉她丢失了一块耳上的宝石时，怎样办呢？妇女们老是向你要许多东西，这些东西她们说不久就会还你的，可是一朝到了她们手中，你再也莫想她们还你了。在你受了这样大的损失，别人却一点也不感激你。真的，即使有十口十舌，我也不能数说清那些娼妓的无耻的伎俩。

  先在几个精磨的板上写个温柔的简帖儿去探路。要使这第一度函札使她知道你的心情。上面要写着殷勤的颂词和动情的话，而且不要管你的身份，你加上那最低微的恳求。海克笃尔的尸体之所以能还给泊里阿摩思[92]，也就为那老人的恳求动了阿岂赖斯的心．神祇之怒都为柔顺的声音所动。答应啊，答应啊，这是不值得什么的，任何人都是富于允许的。那希望，当人们加上信心上去时，是能经久的，这是个欺人的女神，但是却很有用。假如你送了些礼物给你的情妇，你就会找不到便宜了，就是欺骗了你，她也不会有所损失的。你总得常带着正要送她东西的样子，可是永不要送她。不茁的田就是如此地常欺骗了它的主人的希望；赌徒也就是如此地在不再输的希望中不停地输出，而偶然的运气又诱惑着他的贪婪的手。那最难的一点，那细巧的工作，就是不赠礼物而得到美人的眷顾，于是，她为了要不虚掷了她所赠与的东西的价值，她便不能拒绝了。将这满篇柔情的简帖儿发出去，去探她的心，去开

---

92. Priamus，海克笃尔之父，事迹见《伊里阿特》。

一条路。几个写在苹果上的字欺骗了那绮第珮[93]，于是这不知内幕的少女在朗读它时，为她自己的言语所缚住了。

　　研究美文啊，青年罗马人，我这样忠告你们，不仅仅为要保护那战兢兢的被告人。正如人民，严厉的审判官和从人民中选出来的元老院议员，女人也是屈服于辩才的。可是你要将你的诱惑的方法隐藏得很好，不要一下子就显露出你的饶舌来。一切学究气的语句都不要用。除了一个蠢人外，谁会用一种演说者的口气写信给他的情妇呢？一封夸张的信时常造成一种厌恶的主因。你的文体须要自然，你的词句须要简单，可是要婉转，使别人读你这信时，好像听到你的声音一样。假如她拒绝你的简帖儿，将它看也不一看地送还你，你尽希望她将读它，你要坚持到底。不驯的小牛终究惯于驾犁，倔强的马日久终受制于辔头。在不停的磨擦后，一个铁指环尚须磨损，继续地划着地，那弯曲的犁头终究蚀损。还有什么比石更坚；比水更柔的吗？可是柔水却滴穿了坚石。即使是那耐洛珀[94]，只要你坚持到底，日久她总会屈服于你。拜尔迦摩思[95]守了很长久，可是终究被夺得了。譬如她读了你的信而不愿回答你，那是她的自由。你只要使她继续读你的情书就是了，她既然很愿意读，她不久就会愿意回答了，一切都是按部就班地来的。你或许先会接到一封不顺利的复信，在信上她请你停止追求。正当她求你莫惹她时，她却恐惧着你依她照办，而希望你坚持到底。追求啊，不久你就会如愿以偿了。

　　假如当你遇到你的情妇躺在她的昪床中的时候，你便走

---

93. Cydippe, 是一个雅典女子，在她的脚下，阿工谛乌思Acontius掷了一个苹果，上写着："我凭亚耳台米思，Artemis宣誓，我将嫁阿工谛乌思。"绮第珮高声宣读，于是被女神执为阿工谛乌思的质言。
94. Penelope, 是屋里赛思Ulysses的妻子，以贞洁坚忍出名，事见《奥特赛》。
95. Pergamus, 特洛伊的城寨。

过去，好像是偶然似地，而且为了恐怕你的话语被一个不谨慎的人听了去，你便尽你所能地用模棱两可的手势来解释。假如她在一个广大的穹门下闲步，你亦应当挨上去和她一起游散。有时走在她前面，有时走在她后面，有时加紧了脚步，有时放慢了脚步。你不要为了从人群中走出，又从这柱石赶到那柱石去紧贴着她走着而害羞。不要让她独自个，仪态万方地坐在戏场中；在那里，她的袒露的玉臂将给你一个动情的奇观。在那里，你可以凝看着她，安闲地欣赏她，你可以向她打手势，做眉眼。对那扮少女的拟曲伶人喝彩[96]，对那扮演情人的更要喝彩。她站起来，你便站起来；她一直坐着，你也坐着不要动；你须懂得依着你的情妇的兴致去花费你的时间。

可是不要用热铁去烫头发，或是用浮石去砑你的皮肤。这些事让那些用弗里基阿人的仪式哼着歌词颂启倍莱虞斯山的女神的教士们[97]去做罢。一种不加修饰的美是合宜于男子的，当米诺思的女儿[98]被戴设斯掠去的时候，戴设斯并没有将自己的头发用针簪在鬓边。伊包里度思虽然外表不事修饰，却被弗特拉所爱[99]。那森林的荒野的寄客阿陶尼斯终究得到一个女神的心[100]。你须要爱清洁，不要怕在马尔斯场锻炼身体而晒黑了你的皮肤，使你的宽袍弄得好好地不要沾污。舌上不要留一点舌苔，齿上不要留一点齿垢。你的脚不要套着太大的鞋子，不要使你的剪得不好的头发蠢起在你头上，却要请一副老练的手

---

96. 在拟曲中，少女的角色是男子扮的。
97. Cybeius，是弗里基阿Phrygia的一座山的名字：启倍莱虞斯山的女神是启倍莱Cybele，是弗里基阿人的女神，后为罗马人所崇奉，她的教士是被阉割过的。
98. 指阿丽亚特娜Ariadna，是米诺思和葩西法艾的女儿，帮助戴设斯杀去米诺多路思（见注75），后被戴设斯所弃，遂为巴古斯所恋。
99. 见注85。
100. 女神指维娜丝，见注32。

来整理你的头发和胡子,你的指甲须得剪得很好而且干净,在鼻孔中不要使鼻毛露出,不要使那难受的气息从一张臭嘴里吐出来,当心莫教那公羊骚气使人难闻。其余的修饰,你让与那些年轻的媚娘或是那些反自然地求得男子底不要脸的眷恋的男子去做罢。

可是这里利倍尔呼召他的诗人了[101],他也是保护有情人又加惠于那些他自己也燃烧着的爱情的。格诺苏思的孩子[102]发狂地在荒滩上彷徨着,在第阿小岛[103]被海波冲击的地方。她刚从睡眠中脱身出来,只穿了一条薄薄的下衣,她的脚是跣露着,她的棕色的头发乱飘在她的肩头,她向着那听不到她的声音的海波哭诉戴设斯的残忍,而眼泪是满溢在那可怜的弃妇的娇颜上。她且哭且喊,可是哭和喊在她都是很配的;她的眼泪使她格外娇艳可人了。那个不幸的人儿拍着胸说:"那负心人弃我而去了,我怎么办呢?"她说:"我怎么办呢?"忽然铙钹声在全个海岸上高响起来了,狂热的手所打着的鼓声也起来了。她吓倒了,而她的声音也停止了,她已失去知觉了。这里那些披头散发的迷玛洛尼黛思们[104]来了;这里轻捷的刹帝鲁斯们[105],神的先驱来了;这里酩酊的老人西莱努思[106]来了;他是挂在那弯曲在重负之下的驴子的鬣毛上,几乎是要跌下来了。当他追着那一边逃避他一边向他噜唆的跳神诸女的时候,当这个拙骑士用木棒打着那只长耳兽的时候,忽然滑了下

---

101. Liber,是一个古意大利的神祇,后来和希腊神话上的巴古斯相混,此处即指巴古斯。
102. 指阿丽亚特娜(见注98),因为住在格诺苏斯,故云。
103. Dia,是格诺苏斯对面的一个小岛。
104. Mimallonides,是跳神诸女(见注72)的别称。
105. Satyrus,是巴古斯的伴侣,头发竖起,两只尖的耳长在头上,额上生着两只小角,脚像羊脚一样,手里或是拿着一只酒杯,或是一枚松球杖,或是一个乐器。
106. Silenus,巴古斯的保护人和随从;秃顶,骑驴,老是喝醉着。

来，跌了个倒栽葱。那些刹帝鲁斯喊着；"唅，起来啊，老伯伯，起来啊！"那时那神祇[107]高坐在缠着葡萄蔓的车上，用金勒驾驭着那驯虎。那少女把颜色，戴设斯的记忆和声音同时都失去了。她想逃了三次，可是恐惧心缠了她三次脚。她战栗着，正如被风飘动的稻草和在隰泽中的芦苇一样。可是那神祇却向她说："我是来向你供献一个更忠诚的爱情的，不要怕罢，格诺苏思的女孩子，你将做巴古斯的妻子了。我拿天来给你做礼物，在天上，你将成一颗人们所瞻望的星，你的灿烂的冠冕将在那里做没有把握的舵工的指导。"他这样说着，又恐怕那些老虎吓坏了阿丽亚特娜，便从车上跳下来（他的足迹印在地上），把那失魂的公主紧抱在胸怀，他将她举了起来。她怎样会抵抗呢？一个神祇的权能难道还有什么为难的事吗？有的唱着催妆曲，有的喊着："曷许思，曷荷艾。"[108]那年轻的新妇和神祇是如此地在神圣的榻上相合的。因此你便当置身于有巴古斯的礼物的华筵中，假如一个女子是坐在你旁边，和你同坐在一张榻上，你便祷告那在夜间供奉的夜的神祇[109]，求他不要把你弄醉。于是你便可以用隐约的言语向她说出温柔的情话，她将毫不困难地猜度出你的意思来。用一点儿酒漫意地画着多情的表记，使她可以在桌子上看出她是你的心上的情妇来，你的凝看着她的眼睛须要向她露出你的情焰来。用不着语言，脸儿自有它的雄辩的声音和语言。她的嘴唇啜过的酒杯你须得第一个抢来，而在她喝过的那一边上，你也喝着。她的手指所触过的一切的菜肴，你去拿来，而在拿的时候，摸一摸她

---

107. 指巴古斯。
108. Euhius（Evius），巴古斯的别名；曷荷艾（Euhoe）是跳舞诸女的欢呼声，是从 Euhius 这字变化出来的。
109. 指巴古斯。

的手。你更须勉力去得到你的美人的丈夫的欢心，成了你的朋友后，他在你是很有用的。假如你抽到筵席首座的签，你须得让给他，将那戴在你头上的王冠除下来给他，随便他的地位是早于你或和你平等，不去管它，让他比你先上菜，而在谈话的时候，你又须从容地将他的话重述一遍。最妥当最普遍的欺骗的方法，就是躲在友谊的名义后面，可是这方法虽然是十分妥当十分普遍，却总是一重罪过。在爱情上，一个受委任人总比他的委任状进一步的，他自以为越权是他的份内事。喝酒的时候所应当守的正则是什么呢？我们就要指教你了。你的智慧和你的脚须要时常保持着平衡。尤其是要避免那些因酒而发生的事端，不要轻易和人家斗。不要学那愚蠢地因饮酒过度而致死的艾里谛洪[110]，席和酒只应当引起一种温柔的欢快。假如你嗓子好，你便唱；假如你身段灵活，你便跳舞；一切使人欢乐的，你都要一件件地去做。一个真醉会惹起旁人的讨厌，一个假醉在你却十分有用。你的狡猾的舌头要格格地吐着不清楚的声音，这样你所做的和你所说的如果有些大胆的地方，人们可以原谅你。你应当说："祝我所爱的人儿康健，祝那和她同床的人康健"，可是在心里你却要咒诅她的丈夫立刻就死。

当酒阑客散的时候，那些客人就给你接近你的美人的方法和机会。你夹在人群中，轻轻地靠近她，用你的手指捏着她的身子，用你的脚去碰她的脚。这便是交谈的时光，乡下气的羞态，走远些！机会和维娜丝是帮助大胆的。像你那样会说话当然用不到来请教我们，只要想着开端，辩才便不待思索自然而然地来了。你应当扮着那个情郎的角色，而且在你的言语

---

110. Eurytion，是一个半人半马的怪物。在比里都思Pirithous和阿脱勒思Atreus之女希芭达迷亚Hippodamia结婚的时候，半人半马的怪物们也是宾客，其中的艾里谛洪想对新娘施行无礼，因而斗死。见《变形记》第十二卷。

中，你须得要做出受过爱情的伤的样子来，要用尽种种的方法使她坚信。要得到别人的相信并不是很难的，任何女人都自以为配得上被爱的，就是那墩丑的女子也卖弄着风姿。况且多少次那起初装作在恋爱着的终究真正地恋爱着了，从矫作而至于实现！年轻的美人们啊，请你们对那些做着爱情的外表给你们看的人们宽大些，这种爱情，起初是扮演的，以后却要变作诚恳的了。你更可以用那些巧妙的阿谀偷偷地得到她的欢心，正如那水流不知不觉地蔽盖了那统治它的河岸一样。你要一点不迟疑地去赞美她的姿容，她的头发，她的团团的指和纤纤的脚。那最贞淑的女子听了那对于她的美的谀词也要动心，容颜的美就是贞女也要注意的。裘娜和葩拉丝在弗里基阿树林中不是就为了这个缘故到如今还有意见吗？[111]你且看这头裘娜的鸟[112]，假如你赞美它的翎羽，它便开屏了；假如你默默地看着它，它便把它的宝物隐藏着了。在赛车的时候，骏马是欢喜别人对它的梳得很好的鬣毛和它的优美的项颈喝彩的。

你须要大胆地发誓，因为引动女人的是誓言，牵了一切的神祇来为你的诚恳作证。裘比德在天上笑着情人们的假誓，又将这些假誓像玩具一样地叫艾沃鲁司[113]的臣仆带去撤销了。裘比德也常对着司底克思[114]向裘娜立假誓的，他在今日当然加惠于那些学他的样的人们。诸神祇的存在是有用的，而且，因为有用，我们且相信他们是存在的罢。在他们祭坛前我们应该浪费我们的香和酒。我们不是沉浸在一个无知觉的，和睡眠相似的休憩中的，你要过着一种纯洁的生活，神祇是看着你的。

---

111. 葩拉丝Pallas，希腊神话上的智慧之女神，即等于罗马神话上的米奈尔代Minerva，即等于希腊神话上的阿黛那，弗里基阿树林在伊达山上，见注56。
112. 孔雀。
113. Aeolus，风的主宰。
114. Styx，是冥土中的一条河名，诸神祇凭着它发誓。

还了那寄存在你那儿的寄托物；依着那信心所吩咐你的条例，切莫作恶，使你的手要清洁而不染着人类的血。假如你是聪明人，你要玩也只玩着女人。你这样做可以无罪的，只要你是出于诚意的。欺骗那欺骗你的人。大部分的女子都是不忠实的，她们安排着陷阱，让她们自己坠下去罢。有人说埃及曾经一连大旱过九年，一滴的肥田的雨水都没有。于是德拉西乌思[115]前来找蒲西里思[116]，对他说他能够平息裴比德的怒，只要在裴比德的祭坛上浇上一个异乡人的血就好了。蒲西里思回答他说："很好，你将做那供献给裴比德的第一个牺牲，你将做那把雨水给埃及的异乡人。"法拉里思[117]也使人在铜牛中烧死残忍的培里鲁思[118]，那个不幸的发明者用自己的血浇着他亲手所做的成绩。公正的双料的例子！其实将那罪恶的制造者用他们自己所造的东西来处死他们是再公正也没有了，以伪誓答伪誓是公平的法则，那欺诈的女人应当和她所做过的一般地受人的欺诈！

眼泪也是有用的，它会软化了金刚石。你须要使你的情妇看见你泪珠儿断脸横腮。可是假如你流不出眼泪来的时候（因为眼泪不是随叫随到的），你使用你的手将你的眼眶儿弄湿了。哪一个有经验的男子不把接吻混到情语中去呢？你的美人拒绝，随她拒绝，你做你的就是了。起初她或许会抵拒，会叫你"坏坯子"；可是就正当她在抵拒的时候，她实在心愿屈服。可是你须得不要用拙笨的接吻碰痛了她的娇嫩的唇儿，给她一个口实说你粗蛮。你得到一个亲吻而不去取得其余的，你便坐失了那她允许你的恩惠了。在一度接吻之后，你还等着

---

115. Thrasius，是一个神明的启泊鲁斯岛人。
116. Busiris，埃及的古国王，以残忍出名。
117. Phalaris，耶稣纪元六世，纪前的阿格里于顿国的暴君。
118. Perillus，是一个雅典的金匠，为法拉里思铸了一头铜牛，犯罪的人就关在这铜牛中烧死，培里鲁思是第一个被烧死的。

什么来实现你的一切心愿呢。多么可怜啊！牵制住你的不是羞耻，却是一种愚昧的拙笨。你会说，这不是对她施行强暴了吗？可是这种强暴正是妇人所欢喜的，她们欢喜给人的东西，她们也愿人们去夺取。被爱情的盗窃所突然地以力取得的妇人反而享受着这种盗窃，这种横蛮在她们是像送她们礼物一样地称心的。当她从一个别人可以袭得她的挣扎中无瑕地脱身出来的时候，她很可以在脸上装做快活，其实却是满肚子不高兴。菲珮[119]曾经受过强暴；她的妹妹[120]也做了一个强暴的牺牲，可是她们两个却并不爱那对她们施强暴的人。一个大家知道的故事，可是却很值得一讲，那就是思凯洛斯的少女[121]和海木尼阿的英[122]的结合。在伊达山上，那个女神[123]已经对她的敌人唱凯旋歌，已经报偿了称她最美的人了，[124]一个新媳妇已经从远地里来到泊里阿摩斯的家中了，而伊里雍[125]的城垣中已关进了一个希腊的妻子了。全希腊的王侯都发誓为受辱的丈夫[126]报仇，因为二个人的侮辱已变成大家的侮辱了。那时阿岂

---

119. Phoebe不是日神斐菩斯之妹；而是另一Phoebe；她的妹妹是希拉伊拉Hilaira，她们的父亲勒皂布思Leucipus将她们许给伊达思Idas和林开思Lynceus兄弟。迦思笃尔Castor和保鲁克思Pollux迷恋着她们，将她们抢去。事见沃维挺乌思的《年代纪》。

120. 同上。

121. 指思凯洛斯岛Seyus的利高美代思王Lycomedes的女儿黛伊达米亚Deidamia。

122. 指阿岂赖斯，阿岂赖斯的母亲黛蒂丝预知她的儿子的将来不幸的命运，所以叫他扮作一个女子，送他到思凯洛斯岛利高美思的王宫里，和公主们在一起，在那里他和黛伊达米亚发生了关系。后来屋里赛思去找他，扮作一个商人，在一个篮子里放了许多妇人的饰物和一柄剑去献给利高美代思的女儿们，她们都取饰物，而阿岂赖斯独取剑，于是屋里赛思毫不费力地找到了他，叫他加入特洛伊战役。

123. 指维娜丝，参看注56。

124. 指巴黎斯，参看注56。

125. Ilion即特洛伊城。

126. 指海伦之夫美奈拉乌思Menelaus。

赖斯（假如他听了他母亲的请求，那是多么的羞耻啊！）把自己的男性隐藏在妇人穿的长衫子里[127]，你做什么啊，艾阿古斯的孙子[128]？纺羊毛不是你的本分。你应当从葩拉丝[129]的别一种艺术中找出你的光荣来。这些女红篮子你管它干吗？你的手是注定拿盾的。为什么你手拿着梭子，难道要用这个扑倒海克笃尔吗？把这个纺锤丢得远一些，你的手是应该举起贝利翁山的矛[130]来的。有朝一日，在同一张床上睡着一个王族的女儿[131]，她发现了她的伴侣是一个男子，于是她受到强暴了。她是屈服于武力的（至少应当作如是想），可是她并不因为屈服于武力而发怒。当阿岂赖斯已经匆匆要出发的时候，她常常对他说："不要走。"因为那时阿岂赖斯已经放下了梭子去取兵器了。那个所谓"强暴"那时到哪里去了？黛伊达米亚，你为什么用一种抚爱的语气来留你的羞辱的主动者呢？是的，羞耻心禁止女人先来爱抚男子，但是当男子开始先去爱抚她时，她是非常欢喜的。自然啦，少年人对于自己的体格的美有一种太自负的信心了，他等着女子先上手。应当是男子开始的，应当是男子来说一切的祷词的，他的爱情的祈祷便会被她很好地接受。你要得到她吗？请求罢。她只希望着这种请求。向她解释你的爱情的原因和来历。裘比德都恳求着走向传说中的女英雄们去，随他如何伟大，没有一个女子会先来挑拨他的。可是假如你的恳求撞在一种轻蔑别人的骄傲的厌恶上呢，你便不要再固请了，退转身来。多少的女子希望着那些溜脱她们的人而厌

---

127. 见注122。
128. 即阿岂赖斯，见注9。
129. 葩拉丝也是战争的女神。
130. 指阿岂赖斯的长矛。那枝长矛是启洪送给阿岂赖斯的父亲柏勒斯的，后来传给阿岂赖斯。
131. 指黛伊达米亚。

恶那些专心侍奉着她们的人!不要太性急,那你便不会受人厌恶了。

在你的请求中不要常常泄露出达到最后目的的希望来,为要使你的爱情透到她的心里,你须得戴着友谊的假面具。我看见过许多不驯的美人都受了这种驭制法的骗,她们的朋友不久就变了她们的情人。

一张雪白的脸儿是水手不配的,海水和日光准会早把他的脸儿弄成褐色了。它和农夫也是不配的,因为农夫老是在露天之下,用犁头或是重耙垦着泥土。而你也是一样的,你这在游艺中谋得橄榄冠的人,生着雪白的皮肤是你的羞耻。可是一切的多情人都应该是惨白的,因为惨白是爱情的病征,那才是和他相称的颜色。许多人都以为这个并不是没用的。奥里雍[132]是惨白的,当他为西黛[133]所爱在树林中彷徨着的时候,惨白的达夫尼思[134]为一个无情的水仙所爱。你更要用你的消瘦显露出你的心的苦痛来,还要不怕羞地用病人用的包头布将你的光耀的头发裹住。那由一种剧烈的爱生发出来的不眠,烦虑,苦痛使一个青年人消瘦。为要达到你的心愿,你要使别人可怜你,要使人一看见你就脱口而出地说:"你是在恋爱着。"

如今我应该缄默呢,还是应该含愁地看着德行和罪恶相混呢?友谊,善意,都只是空虚的字眼。啊啊!你不能毫无危险地向你的友人夸耀你所爱着的人儿:假如他相信了你的颂词,他立刻会变成你的对敌了。有人要对我说了:"可是那

---

132. Orion,奈泊都诺思之子,是一个巨大的猎人,而且非常美丽,被第阿娜所变成一颗星。
133. Side,未详。
134. Daphnis,谋尔古虑思Mercurius之子,是一个牧人,田园诗歌的创造者,为一个水仙所爱,她要他发誓永远忠实于她,背誓则当变作盲人。

阿克笃尔的孙子[135]并没有玷污了阿岂赖斯的床呀；菲特拉虽然不忠实，比里都思[136]却没有什么举动呀。比拉代思[137]爱着海尔迷奥奈[138]，他的爱情是和斐菩斯之对于葩拉丝，或是迦思笃尔和保鲁克思之对于登达勒思的女儿[139]的爱情一样地纯洁。"在今日相信这种奇谈，不啻是希望西河柳结果子或是到江心去找蜜一样。罪犯是有多少的香饵啊！各人都是谋自私的欢乐的，尝着别人的欢乐是格外来得有味儿的。多么可耻啊！一个有情人所要顾忌的倒不是他的仇敌。你要高枕无忧，你便该避开了那些你以为对你忠实的朋友。亲戚，弟兄，挚友，全不可信托，这些是能给你以极大的恐惧的人。

　　我就要结束了，可是我要说，女子的脾气都不是全一样的，对于这些种种不同的性格，你要用千种的方法去引诱。同一块土地不能生出一切的出产品，有的宜于葡萄，有的宜于橄榄，有的是种起麦来才有好收成。人心不同各如其面，伶俐的男子能屈就那各种不同的，像有时变作轻波，有时变作狮子，有时变作竖毛的野猪的迫洛德思[140]一样的脾气。有的鱼是用鱼叉叉的，有的鱼是用钩子钓的，有的鱼是用网网的。老是一个方法是不会成功的，应当依照你的情妇的年龄而变通的。一头老牝鹿能很远地发现别人为它设下的陷阱。假如你在一个初出道儿的女子前显露出太精专，或是在一个忸怩的女子前显露出太冒险，她就立刻不信任你，而小心防范着你了。所

---

135. 指巴特洛格鲁思Patrocus，是阿克笃尔Actor的孙子，阿岂赖斯的挚友，在特洛伊战役中为海克笃尔所杀死。
136. Pirithous，菲特拉的丈夫戴设斯的密友。
137. Pylades，是奥莱思代思Orestes的挚友。
138. Hermione是海伦之女，奥莱思代思之妻。
139. Tyndareus，斯巴达之王，他的女儿是海伦，迦思笃尔和保鲁克思是和她一胎生的。
140. Proteus，是一个海神，能变作各种形状。

以怕委身于一个规矩的男子的女子是总是可耻地坠入一个浪子的怀抱中的。

  我的一部分的工程已做完,只剩下另一部分要做了。现在我们且抛下了锚停住我们的船罢。

第二卷

唱"伊奥·拜盎!"呀,再唱一遍"伊奥·拜盎!"呀。我所追求的猎品已投入我的网罗中了。欢乐的有情人,把一个绿色的月桂冠加在我头上,又将我举到阿斯克拉的老人[141]和梅奥尼阿的盲人[142]之上罢。正如那脱逃了尚武的阿米克莱城[143],一帆风顺地将那东道主的妻子[144],带走了的泊里阿摩斯的儿子[145]一样,又正如,希苞达米亚[146]啊,那把你载在胜利的车上,将你带到异国去的人[147]一样。年轻人你为什么如此的性急啊?你的船还在大海的中央,离我所引你去的港口还很远啊。我的诗还不够做到把你所爱的人儿放在你怀间的程度,我的艺术使你取得她,我的艺术也应当使你保持她。得到胜利和保持胜利是同样地要有才能的,其一还有点靠机会,其一却完全是靠我的艺术的。

现在,岂带拉的女神[148]和你的儿子[149],请你们助我啊。现在,你,爱拉陀[150],也请你助我啊,因为你的名字是从爱情

---

141. 指古希腊大诗人海西沃度斯,见卷一注12。
142. 指荷马Homerus,传说梅奥尼阿Maeonia是他的故乡。
143. Amyclae,斯巴达东南方的一座城。
144. 指海伦,事见《伊里亚特》。
145. 指巴黎斯。
146. 另一希苞达迷亚,是卷一注110之希苞达米亚一个预言说只有能赛车胜过她父亲的人才能娶她为妻,后来贝洛迫思Pelops爱上了她,和她的父亲赛车,她贿赂她父亲的御人,弄去了她父亲的车轮的辐,贝洛迫思遂得胜。
147. 指贝洛迫思。
148. 指维娜丝,因在岂带拉岛Cythera是供奉维娜丝的。
149. 指柯毗陀,维娜丝之子。
150. Erato,是九位文艺女神之一,司恋爱诗歌,她的名字在希腊文是Erato,和希腊文的eran是同一语根。

来的。我计划着一个大企业，我将说用那一个艺术人们可以固定阿谟尔，那个不停地在宇宙中飞翔着的轻躁的孩子。他是轻飘的，他有一双能使他脱逃的翼翅，要不使他飞是很困难的。米诺思为了防止他的宾客逃走[151]，在一切的路上都设了防，可是这客人却敢用翼翅来开辟了一条新路。当代达鲁思把那个犯罪的母亲的爱情的果子，半人半牛的怪物关起来以后，便对米诺思说："米诺思啊，你是凡人中的最公正的，请你赐我回去罢，使我的骨灰葬在我的故土中罢！做了不公正的命运的牺牲者，我不能生活在我的乡土中，至少请你准许我死在那儿。假如那老人不能得到你的恩准，那末请准许我的儿子回去吧！"他的话是如此，可是尽他说了千遍万遍，米诺思总不许他回去。知道恳求是无补于事的，他暗道："代达鲁思，一个献你的身手的机会来了。米诺思是陆上的主人，水上的主人，陆和水是都不准我们脱逃，只剩下空间这一条路了，我是应当从那里开我的路了。统治诸天的裘比德啊，请赦我的企图。我并不敢想升到你的天宫上去，可是要脱逃我的暴君，除了你的领域是没有第二条路啊，假如司底克思[152]可以给我们一条路，我们早就穿过司底克思的水了。然而既然是没路可走，我便不得不变换我的本能了。"才能常常是被不幸所唤醒的。谁会相信人可以在空中旅行呢？可是代达鲁思却用翎羽来造成翼翅，用麻线缚住了，又用熔蜡胶固了底部。于是那个新的机械的工作已经完毕了。那个孩子欢乐地用手转着羽毛和

---

151. 指代达鲁思Daedalus，是一个雅典的有名的建筑师，他为米诺斯建造了一座迷宫关住那米诺思的妻子范西法艾和一头牛所生的半牛半人的怪物米诺多路思（见卷一注75）。后来他得罪了米诺思，便被禁。代达鲁思便为他的儿子伊迦鲁思Icarus和自己各造两翼，向空中脱逃，他的儿子飞得太高，翼上的蜡为太阳所熔，便坠海而死。在他死的地方，后人名之曰伊迦里姆海Icarium，是爱琴海的一部分。

152. 见卷一注114。

蜡，不知道这个家伙是为他预备的。他的父亲对他说："这便是送我们回去的唯一的船，这是我们脱逃米诺思的唯一的方法。他纵使断了我们一切的归路，他总不能断了我们空间的路，我们还有空间啊。用我的发明冲破那空间。可是你不可看代格阿的处女[153]和鲍沃代思[154]的伴侣，把着剑的奥里雍，跟着我飞，我将飞在你前面，由我带领着，你就可平安无事了。假如在飞行的时候我们升得太高，靠近了太阳，蜡是吃不住热的，假如降得太低，靠近了大海，我们的翅便着了湿不能活动了。要飞在两者之间。而且还应当留心着风，我的儿子：你须得顺着它的方向飞去。"他一边教导，一边把翼翅缚在他的儿子身上，又教他如何拍动，像老鸟教小鸟一样。随后把自己的翼翅缚在肩上，胆小地飘荡在他所新辟的路上。正在要飞行之前，他把他的儿子吻了许多次，而那忍不住的眼泪便在他的颊上横流着了。在那里不远有一座山冈，虽然比山低，却统治着平原。他们便在那里开始他们的冒险的脱逃。代达鲁思一边拍着翼翅，一边回头看他的儿子的翼翅，可是却一点也不耽搁他的空间的行程。他们的路程的新奇已经蛊惑住他们了，不久伊迦鲁思什么恐慌也没有了，他是越飞越上劲了。一个在用细弱的芦秆钓鱼的渔夫看见了他们，把钓得的鱼也丢下了。他们已经在左边过了刹摩斯[155]（拿克若斯[156]，巴罗斯[157]和为克拉里乌思所爱的代罗斯[158]都已在他们后面了。）在他们的右边已过了

---

153. 指伽丽丝陀Callisto，代格阿Tegea国王利迦翁Lycaon的女儿，为裘娜所变成一头熊，裘比德将她变成一颗星，即大熊星。
154. Bootes，一颗星名。
155. Samos，爱琴海中岛名。
156. Naxus，爱琴海中岛名。
157. Paros，爱琴海中岛名。
158. Delos，爱琴海中岛名，在那里有阿普罗的神殿，克拉里乌思Clarius，是阿普罗的别名。

莱班托斯[159]和萌着森林的加林奈[160]和环着多鱼的水的阿思底巴拉艾[161]了,忽然那个太大胆的青年人很高地向天升上去,离开了他的父亲。他的翼翅的连接的地方松了,蜡在飞近太阳时熔了,他徒劳地摇动着他的手臂,他总不能在稀薄的空中把持住身子。他在高天上恐怖地望着大海,那使他战栗的恐怖用黑暗把他的眼睛蒙住了,蜡已熔流了。他拍动着他的空空的两臂,他震颤着又无可依托,便坠了下来。在他坠下去的时候,他高喊着:"我的爸爸啊,我的爸爸啊,我被拖下来了。"当他说这话的时候,绿波把他的口掩住了。这时他的可怜的父亲(啊,他从此不是人父了!)喊道:"伊迦鲁思!伊迦鲁思!你在哪儿,你飞在天的哪一部分?"他还喊着"伊迦鲁思",当他已看见毛羽漂浮在海水上时。大地已接受了伊迦鲁思的遗骸,大海保留着他的名字。

  米诺思不能禁止一个凡人靠着翼翅逃走,而我却要缚住一个飞翔的神祇[162]!想借海木尼阿的法术[163]或是用那从小马头上割下来的东西[164]的人实在是大大地错误了。为要使爱情经久,美黛阿[165]的草是没有用的,马尔西人[166]的毒药和魔术也全没有用的。假如魔法能维持爱情,那生在法西斯河岸旁的公主[167]早可以留住艾松的儿子[168],启尔凯[169]也早可以留住屋里赛

---

159. Lebynthos。
160. Calymne。
161. Astypalaea。
162. 指阿谟尔。
163. 海木尼阿是带沙利阿的古名。那儿的女子是被人视为魔术女的。
164. 一种生在小马额上的瘤,被人视为一种春药。
165. Medea,见卷一注83。
166. Marsi,是意大利的古民族,以春药及魔术闻名,时见于诗人歌咏中。
167. 指美黛阿;法西斯Phasis,是高尔邕斯Colchis,美黛阿的家乡的一条河。
168. 指约松,见卷一注83。Aeson是他的父亲。
169. Circe,是一个具有魔法的女神,恋着屋里赛思,她和屋里赛思的事迹见《奥特赛》。

思了。所以给少女喝春药是没有用的，春药乱了理性而发生疯狂。

不要用这些有罪的方法罢！你应当是可爱的，别人自然爱你了。单只有面貌或是身材的美是不够的。即使你是老荷马所赞赏的尼勒思[170]，或是那邪恶的拿牙黛丝们所偷去的希拉思[171]，假如你要保留你的情妇而无一旦被弃之虞，你应当在身体的长处上加上智慧。美是一个容易消残的东西，它跟着岁月一年一年地消灭下去，它不停地一年一年地坏下去。紫罗兰和百合不是永远发着花的，而蔷薇一朝凋谢后，它的空枝上只剩了刺了。你也是这样的，美丽的年轻人，你的头发不久也会变白了，你的脸上不久也会起皱纹了。现在且培养你的智慧啊，它是经久的，而且可以做你的美的依赖，它是伴你到坟头的唯一的瑰宝。勤勉地去攻究美术和两种语言[172]啊。屋里赛思并不美丽，但是他是一个善辞令的人，这个已能足够使两位海上女神[173]因为他而相思苦了。珈丽泊苏[174]多少次地看见他忙着要动身而悲啼，坚决地对他说海浪不容他开船啊！她不停地要求他讲着特洛伊没落的故事，那故事他是换了说法不知讲过几次了。有一天，他们在海滩上止了步，在那里，那美丽的珈丽泊苏要听那奥特里赛人的首领[175]的流血的结果。他便用那枝他偶然拿在手中的轻轻的小杖为她在沙上绘画起来。他一边画着

---

170. Nireus，特洛伊战役中，希腊英雄中的最美丽者。
171. Hylas，一个美丽的少年，在米西阿Mysia为拿牙黛丝（水精）所偷去。代奥克里都思Theoeritus的牧歌第八首上就讲这事。
172. 指希腊文和拉丁文。
173. 指启尔凯和珈丽泊苏。
174. Calypso，水神，奥尔底季阿岛Ortygia的女王，她救了遇难的屋里赛思，爱上了他，在岛中留了他七年才放他回去，见《奥特赛》。
175. 指雷梭斯Rhesus，是脱拉岂阿Thracia的国王，奥特里赛Odrysae人即等于脱拉岂阿人。

170

城墙一边说:"这就是特洛伊城。这是西莫伊斯[176],譬如说我的营是在那儿。过去是一片平原,(他便画一片平原),那就是我们杀死那在夜里想盗海木尼何的英雄[177]的马的道路[178]的地方。那边搭着西笃尼于思人雷梭思[179]的营帐,我是从那儿在夜里盗了他的马回来的。"他正要画其他的东西的时候,忽然打过一片波浪来,把特洛伊,雷梭思的营帐和雷梭思本人都带走了。于是那位女神便对他说:"你还敢信托这在你眼前抹去了如此的伟名的海水取道回去吗?"因此,随便你怎样,总不要信托那欺人的美貌,要在身体的长处上加上别的长处。

最得人心的是那熟练的殷勤,狡猾和刁刻的话只能生人的憎恨。我们憎厌那以斗为生的鹰隼和那专扑弱羊的狼。可是我们是绝对不张网捕那无害的燕子的,而在塔上,我们让那卡屋尼阿的鸟儿[180]自由地居住着。把那些口角和伤人的话放开得远些,爱情的食料是温柔的话。妻子离开丈夫,丈夫离开妻子都是为了口角,他们以为这样做是理应正当的,妻子的妆奁,那就是口角,至于情妇呢,她是应该常常听见她所中听的话的。你们同睡在一张床上并不是法律规定的,那属于你的法律,就是爱情。你要带了温存的抚爱和多情的言语去近你的腻友,使她一看见你去就觉得快活。我不是为有钱的人来教爱术

---

176. Simois,特洛伊的小河名。

177. 指阿岂赖斯,因为他生于带沙利阿之夫底阿城Phtia;带沙利阿旧名海木尼亚,故云。

178. Dolon,特洛伊的善走者,夜至希腊营侦探,途遇屋里赛思,为所杀。见《伊里阿特》。

179. Sithonius,即等于脱拉邑阿人,雷梭思是来帮特洛伊人的。一个预言曾说,假如雷梭思的马吃到了特洛伊人的牧草,希腊人便不能攻下特洛伊城,所以第沃麦代思Diomedes和屋里赛思偷了他的马,并且杀死了他。

180. 指鸽子;在艾比路斯Epinus的道道尼阿附近,有一座圣林,林中有一座裘比德的神殿,那儿鸽子用人言启示神意。卡屋尼阿Chaonia是艾比路斯的一部,故云。

的，那出钱的人是用不到我的功课的。他们是用不到什么智慧的，当他要的时候，他只要说："收了这个罢"就够了。对于这种人我是只好让步的，他们的得人欢心的方法比我强得多。我这篇诗是为穷人们制的，因为我自己是穷人的时候，我曾恋爱过。当我不能送礼物的时候，我便把美丽的语言送给我的情妇。穷人在爱情中应当具有深心，他应当避免了一些不适当的说话，他应当忍受一个有钱的情人所忍受不下的许许多多的事情。我记得有一次在发怒的时候，我把我的情妇的头发弄乱了，那次的发怒损失了我多少的幸福的日子啊！我不相信我撕碎了她的衫子，而且我也没有看见，可是她却坚决地那样说，于是我不得不花钱赔她一件了。可是你们，假如你们是聪明的，避免了你们的老师的过失罢，而且也像我一样地担心着受苦痛罢。和巴尔底人[181]去打仗，对于你的腻友呢，和平，诙谐和一切能激动爱情的。

假如你的情妇难服侍又对你不仁慈，你须耐着性子容受着，她不久就会柔和下去的。假如你小心地拗一根树枝，它便弯了；假如你拿起来就用力一拗，它便断了。小心地顺着水流，人们便游过一条河；可是假如你逆了水性，你是总不能达到目的。人们用忍耐驯服了纳米第阿[182]的老虎和狮子，在田里的雄牛也是渐渐地屈服于犁杠的。可有比那诺那克里阿人阿达朗达[183]更厉害的女子吗？可是随便她如何骄傲，她终究受一个

---

181. 见卷一注41。
182. Numidia，是北阿非利加洲的一个地名。
183. Atalanta，是阿尔迦第阿国王的女儿，美丽，善竞走，她拒绝向她求婚的少年说："先和我赛跑，胜则娶我，败则处死"，后来一个美少年米拉尼洪Milanion或称希包买奈思Hippomenes得到维纳斯的帮助，胜了阿达朗达，便和她结婚。诺那克里阿Nonacria人即阿尔迦第阿人，因为诺那克里阿是阿尔迦第阿北方的一座城。

男子[184]的柔情的调理。别人说，米拉尼洪时常在树林下哭着自己的命运和那少女[185]的严厉。他时常受了她的命令把捕禽兽的网负在肩上，时常用他的长矛去刺那可怕的野猪。他甚至中了希拉曷思[186]的箭，可是别枝箭[187]他也是受过的啊！我并不命令你手里拿着兵器到梅拿鲁思山[188]的森林中去，也不命令你把沉重的网背在肩上；我更不命令你去袒胸受箭。聪明人，我的课程将给你最容易学的命令。

假如你的情人不依你，那么你便让步，让步后才会得到胜利。不论她叫你去做什么事，你总须为她做好。她所骂的，你也骂；她所称赞的，你也称赞。她要说的，你说着；她所否认的，你也否认着。她假如笑，你陪着笑；假如她哭，你也少不得流泪，一言以蔽之，你要照着她的脸色来定你自己的脸色。她欢喜赌博，她的手掷着象牙骰子，你呢，要故意掷得不好，然后把骰子递给她。假如玩小骨游戏，为要不使她因失败而悲伤，你总应当要让她赢。假如棋盘是你们的战场，你的玻璃棋子也应当被你的敌手打败的。你须得为她打着遮阳伞，假如她挤在人群中，你便为她开路，你要匆匆地走到踏脚板边去扶她上舁床，将鞋儿脱下或是穿上她的纤足。而且往往就是你自己也很冷，你也得把你的情妇的冻冷的手暖在你怀里。用你的手，自由人的手，去为她拿着镜子，这虽然有点不好意思，但绝对不要害羞。那个使母亲倦于把怪物放在他路上的神祇[189]，那注定进那他起初背过的天堂的神祇，据说曾经在

---

184. 指米拉尼洪。
185. 指阿达朗达。
186. Hylaeus，是一个半人半马的怪物，为阿达朗达所杀死。
187. 指爱神柯毗陀的箭。
188. 见卷一注82。
189. 指海尔古赖斯（见注44）是裘比德和阿尔克曼娜Alcmena所生的儿子，他一生下地时裘比德的妻子裘娜就恨他，想弄死他，但没有成功。后来她知道不能

伊奥尼阿的处女们间拿过女红篮又纺过羊毛。谛伦斯的英雄[190]都服从他的腻友的命令。你现在不要踌躇，快去忍受那他所忍受过来的罢！假如她约你到市场去相会，你须得常常在约定时期前老早等在那儿，而回来却越迟越好。她对你说："你到某处来。"你便将一切事情都放弃了跑去，不使群众延迟了你的步履。当在晚间，她从华筵里出来，喊着一个奴隶领路回去的时候，你立刻自荐上去。她在乡间写信给你说："请即惠临。"阿谟尔是憎恨迟慢的，没有车儿，你便立刻拔起脚来上路。什么都不能阻拦你，天气不好也不管，炎热的大暑也不管，大雪铺了满街也不管。

爱情是一种的军中的服役。懦怯的人们，退后罢，懦夫是不配保护这些旗帜的。幽夜，寒冬，远路，辛楚，烦劳，这全是在这快乐的场上所须忍受的。你须得时常忍受那云片注在的身上的雨水，你又须得时常忍着寒冷，着地而睡。别人说，肯丢斯的神祇[191]费雷的王牧阿特美都思[192]的牛的时候，他只有一间小茅舍作栖身处。斐菩斯[193]都不以为害羞的事谁会当做可耻？去了一切的骄傲，假如你要恋爱久长，假如没有一条安全又容易的路去会你的情妇，假如门关得紧紧地不能使你进去，好，你便爬上屋顶去，由这条线路到你的情人那儿去，或者从高窗上溜进去也可以。她知道了你的冒险的缘故一定会非

害他。便决定使他冒许多险，一生不得平安快乐。那曷里思特思 Eurystheus所叫他做的十二件大工作，就是裘娜的嫉恨的结果，但是海尔古赖斯却都做成了。第十一件大工作是取金苹果，当承负天空的盎达曷思Antaeus替他去取金苹果时，他为他负天空。

190. 见卷一注44。

191. 指阿普罗。阿普罗杀死了芭克罗伯师Cyclops，被裘比德贬到人间，为阿特美都思王牧牛一年。肯丢斯Cynthius是代罗斯Delos岛上的山名，是阿普罗的生处。

192. Admetus, 带沙利阿的费雷pherae的统治者。

193. 即阿普罗。

常高兴,这就是你的爱情的确实的保证。莱益德罗斯[194]啊,你可以不必常常去看你的情人的,你破浪游过海水,向她证实你的情感。

不应当以和侍女、女佣和奴隶接交为可耻。向他们一个一个地致敬,这是与你无损的。你要去握他们的微贱的手。而且,在富尔都拿的日子[195],你还得送些小礼给那些向你讨的奴隶,这在你是所费有限的。而在那迦里阿人受了罗马的侍女们的衣饰所驱而丧生的日子[196],也送点礼物给侍女。相信我,把这些小人物都搜罗在你自己的利益中,不要忘了那守门人,和看守卧房的门的奴隶。

我也并不叫你拿华美的礼物去送你的情妇,送她些不值什么钱的东西,只要是精选而送得适宜就是了。在田野铺陈着它的富庶的时候,当果树垂实累累的时候,差一个奴隶送一满篮的乡村礼物给她。虽然果子不过是从圣路[197]上买来的,你却可以对她说是从乡间采来的。送她些葡萄或是那阿马里力思[198]所爱吃的栗子,可是今日的阿马里力思是不很爱吃栗子了[199]。你甚至还可以送她一头画眉鸟或是一个花鬘,表示你是在思念

---

194. Leandrus是一个美少年,爱上了赛斯都斯Sestos的维娜斯的女司祭海罗Hero;海罗答应他在夜里到她那儿,清晨回去,有一夜,风浪甚大,他依然游泳会她,竟遭溺死。
195. 6月24日。传说是罗马开国后的第六个国王Servius Tullius为幸运之神Fortuna建立神殿的日子。Servius是从Servus(奴隶之子)变化出来的。
196. 7月7日。在迦里阿人退后,罗马邻近的民族,(并不是迦里阿人)通知罗马的元老院,叫他们把全罗马的自由妇女都献给他们。听了一个女仆的计策,叫罗马的女仆都穿上了她们的女主人的衣裳到敌人的营里去,把他们灌醉了,罗马人出兵,遂大胜。因此7月7日是"女仆节"。
197. 果子铺是在圣路上的。
198. Amaryllis,是田园诗歌中的一个美丽的牧女。
199. 此句典出维尔吉留思Virgilius的《牧歌》Ecloya第二章: Ipse ego cana legam tenera lanug ine mala, Castan easque nuces, mea quas Amaryllis amabat 意为:"我亲自采了那有柔毛的白色野木瓜,和我的阿马里力思所爱的果子。"

着她。我知道别人也有买这些东西去送没有儿女的老人，冀望在他死后得他的遗产的。啊！拿这些礼物来做那种不怀好意的用途的人简直该死！我可要劝你赠她几首情诗吗？啊啊！诗词并不是体面的。她们赞美诗词，但是她们所要的却是重大的礼物，只要有钱，即使是一个粗人也得人欢心的。我们时代真正是黄金时代，用黄金，我们得到最大的荣誉；用黄金，我们便恋爱顺利。是的，荷马啊，即使你伴着九位缪斯同来，假如你双手空空一无所有，荷马啊，别人准会把你赶出门去。虽然有学问的女子并不是没有，可是总在少数，旁的女子却是什么也不懂的，却要混充渊博。可是你做起诗来，却二者都须得称颂的。而你的诗，不管它好不好，总要说得中听，使人觉得有价值。论她们是有学问的或是没学问的，那首费了一夜没有睡的为她们而做的诗，在她们总当得一点小礼物的效力的。尤其是当你将决定去做些你以为是有用的事的时候，你总要想法引你的情妇来请求你去做。假如你要把自由给与你的奴隶，你应当使她来请求你给与他；假如你要饶赦一个应受刑罚的奴隶，也要使她请求你去做。你尽收着实利，面子却尽让给她，你是一点也没有损失的，而她却自以为她对你很有权威了。

可是假如你存心要保持你的情妇的爱情，你须做出那使她相信你是在惊赏她的美的样子。她披带一袭帝路司[200]的绛色的大氅，你便夸称那袭帝路司的绛色的大氅。她穿着一件高司[201]的织物，你便说高司的织物她穿起来最配。她闪耀着金饰，你便对她说在你看来黄金还不及她的娇容灿烂。假如他御着重裘，你便称赞那件裘衣；假如她穿着一件单衫，你便高呼起来："你使我眼睛都看花了"，再低微地请求她当心不要冻坏了身子。

200. Tyrus，是福艾尼开Phoenice的一个地名，以产绛色出名。
201. Cos，爱琴海中的一个岛。

假如她的发丝是艺术地分开在额前,你便称赞这种梳法;假如她的头发是用热铁卷过的,你便应该说:"好美丽的卷发!"在她跳舞的时候,赞叹她的手臂;在她唱歌的时候,赞叹她的声音;而且当她停歇了的时候,你便自怨自艾地说完得太快了。待她允许你和她同睡之后,你便可以崇拜那使你幸福的东西了,你便可以用一种快乐得战栗的声音表示出你的狂欢来。是的,即使她比可怕的梅度沙[202]还凶,她也会为她的情郎变成温柔而容易服侍的。你尤其应当善于矫饰,使她不能察觉,而你的脸色上千万不可露出你的言语来。艺术隐藏着是有用的,显露出来便成为羞耻,而且永远失去了别人的信任心了。

时常,在快到秋天的时候,那时正是一年间最好的时节,那时葡萄累累地垂着,那时我们有时感到一阵透骨的新寒,有时感到一阵炙人的炎热,这种天气的不正常是很容易使我们疲倦的。愿你的情妇那时很康健!可是假如有些微恙把她牵制在床上,假如她受天气不好的影响而生病,那便是你显示出你的爱情和你的忠荩的时候了;那便是应当播种以得一个丰富的收获的时候了。你要不怕琐烦地去侍候她的病,你的手须要去做一切她所委任的事,要使她看见你哭泣,不要不和她去亲嘴,要使她枯干的嘴唇饮着你的眼泪!为她的健康许愿,应答尤其是要高声地,而且要时常预备着些吉兆的梦去对她讲。叫一个老妇拿着硫矿和赎罪的蛋去清净她的床。在她的心里,这些勤劳会永远地留着一个温柔的记忆。多少的人用这种方法在遗嘱上得到一个地位啊!可是当心着,太讨好是要惹起病人的讨厌的,你的多情的勤劳须得要有一个限制。禁止她吃闲食和请她吃苦药等事你是不应当去做的!这些事让你的敌人去做。

---

202. 是三个高尔戈Gorgo之一,起初极美,有美丽之发,后触怒了米奈尔伐女神,米奈尔伐将她的头发变成可怕的蛇,又使她的眼睛一看别人,别人就会变成顽石。后为拜尔塞斯所杀。参看卷一注18。

可是那当你离开港口的时候的风,不就是当你航行在大海中的时候和你合宜的风。爱情在初生的时候是微弱的,它将由习惯而坚强起来,你须得好好地养育,它便慢慢地坚强了。这头你现在畏惧的雄牛,在它小的时候你曾抚摩过;这株你在它荫下高卧的大树,起初不过是一根小小的枝儿。江河是涓滴而成的。设法使你的美人和你稔熟,因为唯有习惯是最有力量。为要得到她的心,切莫在任何敌人前面退却。要使她不断地看见你,要使她不断地听见你的声音。日间,夜间,你得常常在她眼前。可是当你坚决地相信她能念念不忘你的时候,你便离开她,要使你的离别给与她一些牵挂。给她一些休息,一片休息过的田种起来是愈加丰盛的,一片干燥的土吸起雨水来是愈加猛烈的。菲丽丝[203]当岱莫冯[204]在身旁的时候爱情是并不十分热烈的,一等他航海去后,她的情焰却高烧起来了。珮耐洛泊[205]因为聪敏的屋里赛思[206]的别离而苦痛,而你的眼泪,拉奥达米阿[207]啊,将那费拉古思的孙子[208]喊回来。可是,为谨慎起见,你的别离总以短一些为是,时间会减弱了牵记之心。长久不看见的情郎是容易被遗忘了的,别人将取而代之了。美奈拉乌思不在家的时候,海伦忍不住孤眠的滋味,便去到她的宾客[209]的怀中去温存了。美奈拉乌思,你是多么地傻啊!你独自个走了,把你的妻子和你的宾客放在一个屋子里。傻子!这简直是把温柔的鸽子放在老鹰的爪子里,把柔羊

---

203. Phyllis,是希腊传说上的脱拉岂阿国王西东Sithon的女儿,戴设斯之子岱莫冯的未婚妻。岱莫冯在约定时期不回来和她结婚,她自缢而死。
204. Demophoon。
205. 见卷一注94。
206. 同上。
207. Laodalnia,泊箔代西拉乌思之妻。
208. 指泊洛代西拉乌思Protesilaus,特洛伊战役中希腊军到特洛伊的第一人,为海克笃尔所杀。费拉古思Phylactus是他的祖父。
209. 指巴黎斯

托付给饥狼的血口！不，海伦是一点也没有罪，她的情夫也一点没有罪。他做了你自己或是随便哪一个可以做的事。那是你强迫他们成奸的，供给了他们时间和地点。这可不仿佛是你自己叫你的年青的妻子这样做的吗？她做什么呢？她的丈夫是不在家，在她旁边的是一个并不粗蠢的宾客，而且她又是生怕孤眠的。请阿特拉思的儿子[210]想一想他要怎样罢，我是宽恕海伦的，她不过利用得一个多情的丈夫的殷勤而已。

可是那当被猎人放出的猎犬去追的时候的狂怒的野猪，那正在哺乳给小狮子吃的牝狮，那旅人不小心踏着的蝮蛇，都没有一个在丈夫的床上捉住情敌的女子那样地可怕。她的狂怒活画在她的脸上，铁器，火，在她一切都是好的；她忘记了一切的节制，她跑着，像被阿沃尼亚的神祇的角[211]所触动的跳神诸女一样。丈夫的罪恶，结发夫妻的背誓，一个生在法西斯河畔的野蛮的妻子在她自己的儿子身上报复了[212]。另一个变了本性的母亲呢，那就是这只你所看见的燕子。你看着它，它胸头还染着鲜血。那最适当的配偶，最坚固的关系便是这样断裂的，一个聪明的男子不应当去煽起这种妒忌的暴怒。严刻的批评者啊，我并不判定你只准有一个情妇。天保佑我！一个已结婚的女子是很难守着这种约束的。娱乐着罢，可是须得谨慎，你的多情的窃食须得要暗藏着，不应该夸耀出来。不要拿一件别一个女子可以认得出来的礼物送给一个女子，改变你们的幽会的地点和时间，莫使一个女子知道了你的秘密来揭穿你。当你写信的时候，在未寄之前须细细地重看一遍，许多妇人都能看得出弦外之音来。被冒犯了的维娜丝拿起了武器，来一箭，还一箭，使那放箭的人也受

---

210. 指美奈拉乌思，阿特拉思是他的父亲。
211. 指巴古斯，见卷一注71，他的角是不可抵抗的力的象征。
212. 见卷一注83及28。

到苦痛。当阿特拉思的儿子[213]满意他的妻子[214]的时候，她是贞洁的，她的丈夫的薄幸使她犯了罪。她知道了那个手里拿着月桂冠，额上缠着圣带的克里赛司[215]不能收回自己的女儿了。她知道了，利尔奈索斯的女子[216]，那引起你的痛苦又经过可耻的迟延而延长战争的掠劫[217]。这些她不过是耳闻罢了，可是那泊里阿摩思的女儿[218]，她是亲眼看见的，因为，真可羞，那个胜利者倒反做了他的俘虏了。从此那登达勒思的女儿[219]便让谛爱斯带思的儿[220]投到她心中，投到她床上了，她用一种罪恶去报复她的丈夫的罪恶。

假如你的行为，虽则隐藏得很好，一朝忽然露了出来，或者竟是被发觉出来，你须得要否认到底。不要比平常更卑屈更谄媚些，因为这就是贼胆心虚的表示。你须要用尽平生之力，用那对于情战的全盘的精力，和平是只有这样才换得到，是应当让眠床来证明你以前没有偷尝过维娜丝的幽欢过的。有些老妇劝你用玉帚那种恶草，或是胡椒拌着刺激的荨麻子，或是黄除虫菊浸陈酒来做兴奋剂，在外看来，这些简直是毒药。那住在艾里克斯山[221]的幽荫的山冈中的女神，是不愿用

---

213. 指阿特拉思之子阿迦曼农，见卷一注79。
214. 指克丽黛纳思特拉。
215. Chryses，是一个阿普罗神的司祭。
216. 指勃丽赛伊丝Briseis，利尔奈索斯Lyrnesos是特洛伊的一个镇，是她的生地。
217. 希腊军围特洛伊城，在四周掠夺，阿普罗的司祭克里赛司的女儿克里赛伊思Chryseis被掳去做阿伽曼农的侍妾，司祭祈求阿普罗神，神便降疫于希腊军。阿岂赖斯因此和阿迦曼农在议席起了争论；后来迦曼农放了司祭的女儿，把阿岂赖斯所应得的女子勃丽赛伊丝夺来，阿岂赖斯大怒，退出战场。迹见《伊里亚特》。
218. 指珈桑特拉Cassandra，特脱伊城既下，桑特拉便成为阿迦曼农的女奴，可是一到希腊，便为阿迦曼农之妻所杀。
219. 指克丽黛纳思葩拉。
220. 指艾纪思都思。Thyests是他的父亲。
221. Eryx，是Sicilia岛中的一座山名。那儿有一座有名的维娜丝庙。

这些人工的方法来 激起她的欢乐的。那你可以用的，是从希腊河尔加都思[222]的城运到我们这儿来的白胡葱，是生在我们的园子里的动情的草，是鸡蛋，是希买多斯[223]的蜜，是松球包着的松子。

可是多才的爱拉陀啊，你为什么使我迷途在这些邪术中？回到我的车子所不该越出的正路罢。刚才我劝你隐藏你的薄幸，现在我却劝你换一条路走，发表出你的薄幸来。不要骂我矛盾！船并不是每阵风都适宜的，它航行在波上，有时被从脱拉岂阿来的鲍雷阿思[224]所推动着，有时被曷虑斯[225]所推动着，宙费路思[226]和诺多思[227]轮流地送着它的帆，你看那车上的御人罢！有时他放松了缰绳，有时他勒住了那狂奔的马。有些女子是不欢喜懦怯的顺从的，没有一个情敌，她们的爱情是要消歇下去的。幸福时常使我们沉醉，但是人们却久享着它。火没有了燃料便渐渐地暗熄下去，消隐在白白的灰底，可是一洒上硫矿，那好像已沉睡了过去的火便重新燃烧而放出一道新的光芒来。因此，假如一颗心憔悴在一种无知觉的痹麻中，你便应得用嫉妒的针去刺它醒来。你须要使你的情妇为你而不安宁，唤醒她冷去的心的热焰，使她知道你的薄幸而脸儿发青。哦，哪有一个自觉受了欺凌而啜泣着的情妇的人是一百倍一千倍的幸福啊！那她所还愿意怀疑的他的犯罪的消息一传到她耳边，她就晕过去了，不幸的女子啊！她脸儿和声音同时都变了。我是多么愿意做那被她在暴怒中拔着头发的人啊！我是

---

222. Aleathous, 贝洛迫思之子，希腊的美迦拉Megara城的重建者，此处指美迦拉城。

223. Hymettos, 是非洲的一座山名，以蜜蜂及云石名。

224. Poreas, 北风。

225. Eurus, 东南风。

226. Zephyrus, 温暖的西风。

227. Notus, 南风。

多么愿意做那被她用指甲抓破脸儿又使她看了落泪的人啊，这个人她怒看着，没有了他，她是不能活的，但是她是愿意活的！可是你要问我了，我应当让她失望多少时候呢？我将回答你：时间不可长，否则她的怒气就要有力了。赶快用你的手臂缠住她的玉颈，将她涕泪淋漓的脸儿紧贴在你的胸头。把蜜吻给与她的眼泪，将维娜丝的幽欢给与她的眼泪。这样便和平无事了，这是息怒的唯一的方法。可是当她怒不可遏时，当她对你不肯干休时，你便请求她在床上签定和平公约，她便柔和下去了。要不用武力而安处在和议厅中是这样的，相信我，宽恕是从那个地方产生出来的。那些刚才相斗过的鸽子亲起嘴来格外有情，而它们的鸣声是一种爱情的语言。宇宙起初不过只是一团混沌，其中也不分天、地和水。不久天升到地上面，而海又环围着陆地，而空虚的混沌便变成各种的原形了。树林便做了野兽的居所，空间成了飞鸟的家乡，游鱼便潜藏在水里。那时人类孤寂地漂泊在田野间。他们只是有力而无智，只是个粗蛮的身体。他们以树林为屋，以野草为食，以树叶为床，它们便很久长地互相不认识。别人说，那柔化了他们的蛮性的是使男子和女子合在一张床上的温柔的逸乐。他们要做的事，他们单独地自习会了，也用不到请教先生，维娜丝也不用艺术帮忙，竟完成了她的温柔的公干。鸟儿有它所爱的牝鸟；鱼儿在水中找到一个伴儿来平分它的欢乐。雌鹿跟随着雄鹿；蛇和蛇合在一起；雄狗和雌狗配对；母羊和母牛沉醉在公羊和雄牛的抚爱中；那雄山羊，随它如何不洁，也不使淫逸的雌山羊扫兴。在爱情的狂热中的牝马，甚至会越过河流到远处去找雄马。勇敢啊！用这些强有力的药去平息你的情妇的怒，这种药能使她的深切的苦痛睡去，这是比马卡翁[228]一切的液汁都灵

---

228. Machaon，是医药神艾思古拉比乌思Aesculapius之子，是一个著名的医师。

验，假如你有过失后，只有它能够使你得到宽恕。

我的歌的题旨是这样，忽然阿普罗现身在我前面，他用手指弹拨着他的金琴。一枝月桂在他手中，一个月桂冠戴在他头上。他用一种先知的态度和口气向我说："放逸的爱情的大师，快把你的弟子们领到我的殿中来罢。他们在那儿可以念那全世界闻名的铭：'凡人，认识你自己。'[229]只有那认识自己的人在他的爱情中会聪明，只有他会量力而行。假如老天赐与他一副俏脸儿，他应该要知道去利用它；假如他有一身好皮肤，他须得时常袒肩而卧；假如他话说得很漂亮，便不可默默地一声也不响。他假如善唱，就应得唱；善饮，就应得饮。可是琐烦的演说家和乖僻的诗人啊，千万不要朗诵你们的散文或是诗来打断谈话。"斐菩斯的教言是如此。有情的人们啊，服从斐菩斯的高论罢！你们可完全信托这从神明的口中发出来的言语。可是我的题旨在呼唤我了。凡是谨慎地爱着又听从我的艺术的教条的人，总一定会胜利而达到他的目的。

田不是常常有好收成的，风也不是常常帮助舟人的。欢乐很少而悲痛却很多，这就是多情的男子们的命运。愿他准备着那灵魂去受千万的磨折罢。阿笃斯山[230]上的兔子，希勃拉山[231]上的蜜蜂，萌密的葩拉丝树[232]上的珠果，海滩上的贝壳，这些比到恋爱的痛苦来真是少极了。我们所中的箭上是满蘸着苦胆的。正当你看见你的情妇是在家的时候，他们却会对你说她已出去了。有什么要紧，算她已出去，你的眼睛看错就是了。她允许你在夜间见你，而到了夜间她的门却关得紧紧地。忍受着，睡在肮脏的地上。或许有个欺谎的侍女前来，粗

---

229. 这句在希腊文是：Gnothi Seauton。
230. Athos，迦尔岂斯半岛端上的一座山。
231. Hybla，是Sicilia岛的一座山，以蜜蜂闻名。
232. 指橄榄树。

蛮地向你说："这人为什么阻拦在我们的门前？"那时你便当恳求这忍心的侍女，甚至那闭着的门，又把那在你头上的蔷薇[233]放在门槛上[234]。假如你的情妇愿意你了，你便跑进去；假如她拒绝你，你便应当走了，一个有教养的人是不应该做引人憎厌的人的。你难道要你的情妇说："简直没有方法避免这个可厌的人吗？"美人儿总是恩怨无常的。不要怕羞去受她的辱骂，挨她的打，或是去吻她的纤足。

可是，我为什么要说到这样琐细的地方去呢？我们且注力于重要的题目罢。我唱重大的事项了。老百姓，请当心着啊。我的企图是冒险的，可是没有冒险，哪里会有成功？我的功课所要求你的是一件烦难的工作。耐心地忍受着一个情敌，你的凯旋才靠得住，你才可以得胜进大裘比德的神殿。相信我，这并不是凡夫的俗见，却是希腊的橡树[235]的神示。这是我所授的艺术的无上的教条。假如你的情妇向你的情敌做眉眼打手势，忍受着。她写信给他，你切莫去碰一碰她的信。听她自由地来来去去。多少的丈夫以这种殷勤对他们的发妻，尤其是当一觉好梦来帮助瞒过他们的时候！至于我，我承认我是不能达到完善的地步。怎样办呢？我还够不到我的艺术。什么！在我眼前，假如有人向我的美人眉眼传情起来，我便痛苦的了不得，我忍不住要生气了！我记得有一天她的丈夫和她接了一个吻，我便攻击这一吻，我们的爱情是充满了无理的诛求！而这个毛病在女人身旁伤害我真不知多少次。最老练的人是允许别人到他情妇那儿去。最好是装聋作哑什么也不知道。让她掩藏着她的不忠，不然久之她脸也不会红一红了。年轻的多情人啊，千万不要去揭穿你们的情妇。让她们欺骗你

233. 因为他是从筵席上回来，所以戴着蔷薇花冠。
234. 是求爱的表示，有时把花挂在门上。
235. 指艾比路斯的道道尼阿的橡树，那些橡树据说会启示神意的。

们，让她们在欺骗你们的时候以为你们是受她们的好话的骗的。揭穿一双情人，那一双情人的爱情反而愈深了，一等到他们两个利害相关的时候，他们便坚持到底以偿他们的损失了。有一个故事是全个奥林比阿[236]都知道的，就是那胡尔迦奴思[237]用狡计当场拿获玛尔斯和维娜丝的故事，那马尔斯神狂爱着维娜丝。这凶猛的战士便变成一个柔顺的情人了。维娜丝对他也不生疏也不残忍，她的心比任何女神都温柔。别人说，那个热恋着的女子多少次嘲笑着她的丈夫的跛行，和他的被火或是被工作所弄硬的手！同时，她在马尔斯的面前学起胡尔迦奴思的样子来，这样在他看来是娇媚极了，而她的讽刺的风姿更使她的美加高千倍。他们起初还只是偷偷摸摸地爱着，他们的热是掩藏着而且是害羞的。可是"太阳"（谁能逃过太阳的眼睛呢？）却向胡尔迦奴思拇露出他的妻子的行为来。你给了一个多么不如意的例子啊，"太阳"！你不如去向维娜丝去请赏罢。对于你的守着沉默，她总会给你些东西做代价的。胡尔迦奴思在床的四周和上边布着些穿不透的网罗，这是眼睛所不能看见的，然后他假装动身到兰诺斯[238]去。这双情人使来幽会了，于是双双地，赤条条地被捕在网中了。胡尔迦奴思召请诸神，将这一双捉住的情人给他们看。别人说，维娜斯是几乎眼泪也忍不住了。这两个情人既不能遮他们的脸，又不能用手蔽住那不可见人的地方。那时有一个神祇笑着说了："诸神中最勇敢的马尔斯，假如铁链弄得你不舒服，把它们让给我罢。"后来奈泊都诺思请求胡尔迦奴思，他才放了这两个囚

---

236. Olympia，诸神的居处。
237. Vulcanus，罗马神话上的火神。等于希腊神话上的海弗思都思Hephaestus。
238. Lemnos，在那儿胡尔迦奴思最受人崇拜。

犯。马尔斯避到脱拉岂阿[239]去，维娜斯避到巴福斯[240]去。胡尔迦奴思，对我说这于你有什么好处呢？不久之前他们还掩藏着他们的爱情，现在却公开出来了，因为他们已打破一切的羞耻了。你常常承认你的行为是愚笨而鲁莽，而且别人说你是正忏悔着你自己的谋划。我不许你设计陷人，那被丈夫当场拿获的第奥奈[241]也禁止你设那种她曾受过苦来的陷阱。不要带网罗去害你的情敌，不要去盗秘密的情书。就是要做，也得让她的正式丈夫去做。至于我，我重新再申说一遍，我这儿所唱的只是法律所不禁的幽欢。我们不要把任何贵妇混到我们的游戏中来。

谁敢将凯雷丝[242]的圣祭和在刹摩脱拉凯[243]独创的庄严的教仪揭露给教外人看呢？守秘密是一件微小的功德，反之说出一件不应当说的事来却是一个大大的罪过。不谨慎的唐达鲁思[244]不能取得那悬在他头上的果子，又在水中渴得要死，那简直是活该。岂带雷阿[245]尤其禁止别人揭穿她的秘密，我警告你，任何多言的人都不准走近她的祭坛去。维娜丝的供养并不是藏在柜中的，献祭的时候钟也不是连连地敲着的，我们大家都可以参与，这有一个条件，就是大家都须守秘密。就是维娜丝自己，当她卸了她的衣裳的时候，她也用手把她的秘

---

239. 马尔斯的居民。
240. Paphos，那里的人是崇奉维娜丝的。
241. Dione，维娜丝之母。此处引申作维娜丝解。
242. Ceres，罗马的农事女神。
243. Samothface，爱琴海上的一个岛，在那里，人们第一个祀奉着迦皮里Cabiri。
244. Tantaluc，是一个国王，为了泄漏了诸神会议的秘密，（或说为了把自己的儿子贝洛迫思的肉给诸神吃）所以被判罚放在一个湖的中央，水一直浸到他颊边，但他要喝水时，水就退了开去，他头上垂挂着极好的果子，但他要去采时，果子就避了开去。
245. Cytherea，即维娜丝。参看注9。

密的销魂处遮住。牲畜的交尾是到处可以看到的,人人可以看到的,可是少女们即使已经看见了。早而不看。我们的幽会所不可少的是一间闭得很紧的房间,而且把我们的不可示人的东西用布遮住。假如我们不要幽暗,至少也要半晦或是比白昼暗一些。在那还没有瓦来遮蔽太阳和雨的时代,在那以橡树来作荫蔽作食料的时代,多情的人们不在光天化日之下而在山洞里和林底早偷尝爱情的美味的,那种野蛮的时代已经重视羞耻了!可是现在我们却标榜着我们的夜间的功绩,我们以高价换得的是什么呢?讲它出来的唯一的快乐。而且在到处细说着一切女子的爱娇,要碰到一个人就说:"这个女子我也曾结识过。"要时常有一个女子可以指点给别人看,要使一切你想染指的女子都成了轻佻的谈话的目标。这还不算数,有些人造出些故事来(这些故事假如是真的,他们准会否认了),听他们的话,他们是得到了一切女子的恩眷的。假如他们不能接触她们的身体,他们能够坏她们的名声,身体虽然贞洁,而名誉却坏了。可憎的守卒,现在请你滚开罢,把你的情妇关起来,门上加着重重的闩锁。对于这些自欺地夸耀着说已得到了他其实不能到手的幸福的人,这些防范有什么用呢?至于我们呢,我们只含蓄地讲着我们的真实的成功,我们的偷香窃玉是受一种不可穿透的缄默的神秘所保护着的。

你尤其是不可以对一个女子指摘出她的坏处,多少的情人们都是装聋作哑地过去!昂德萝美黛[246]的脸的颜色,那每只脚上有一双翼翅的人[247]是从来不批评的。盎特罗玛黑[248]的身材是大众认为过高的,只有一个人以为修长合度,他就是海克笃尔。你所不爱看的应当去看看惯,你便很容易地受得下去

---

246. 见卷一注18、19。因为她是艾帝沃比阿人,所以颜色是棕色的。
247. 指拜尔塞斯,见卷一注18。
248. Andromache,海克笃尔之妻。

了，习惯成为自然，而初生的爱情却是什么也注意到的。这开始在绿色的树皮中滋育着的嫩枝，假如微风一吹，它就要折断了，可是不久跟着时间牢固起来，它甚至能和风抵抗，而且结出果子来了。时间消灭一切，即使是那体形的丑陋，而那我们觉得不完美的，久而久之也不成为不完善的了。在没有习惯的时候，我们的鼻子是受不住牛皮的气味的，久而久之鼻子闻惯了，便不觉得讨厌了。而且还有许多字眼可似用来掩饰那些坏处。那皮肤比伊里力阿[249]的松脂还要黑的女子，你可以说她是浅棕色。她的眼睛是斜的呢？你可以比她作维娜丝[250]。她的眼睛是黄色的呢？你说这是米奈尔伐[251]的颜色。那瘦得似乎只有奄奄一息的，你就说是体态轻盈。矮小的就说是娇小玲珑，肥大的就说是盛态丰肌。总而言之，用最相近的品格来掩过那些坏处。

不要向她问年纪，更不要打听她的出身，让都察官去施行他的责务罢，尤其当她是已不在青春的芳年中了，良时已过，而她已在拔她的灰白的头发的时候。青年人啊，这个年龄，或者甚至是更老一点的年龄，并不是没有用的。是啊，这片别人所轻视的田却有收成；是啊，这片田是宜于播种的。努力啊，当你的气力和你的青春可以对付的时候，不久那使你佝偻的衰年就要悄悄地来了。用你的桨劈开海水，或是用你的犁分开泥土，或是用你的孔武有力的手拿着杀人的武器，或是用你的男子的精力和你的殷勤去供奉妇人。这最后的一种也是一种军队服役；这最后一种也能得到利益的。加之这些妇人对于爱情的工作都是十分渊博的，而且她们都是有经验的，目为只有经验造成艺术家。她们用化装盖去了时间的损害，又

---

249. Illyria，伊大利东面对岸的一块多山的地域。
250. 维娜丝的眼光是游移的。
251. 米奈尔伐的眼睛是青黄色的。

小心地不露出老妇人的样子来；她会体贴你的心情，做出许多姿态来。随便哪一集春画都没有比她多变化。在她身上，幽欢不是由人工的激动而生出来的，那真正温柔的幽欢是应当男子和女子都有份的。我恨那些不是两方同样热烈的拥抱（这就是我爱少女觉得兴味很少的缘故）；我恨那些"应该"委身过来而委身过来的女子，她是一点也感觉不到什么，还在想着她的纺锤。那种因为是本分而允许我的欢乐在我是不成为欢乐的，我不要一个女子对我有什么本分。我愿意听见她那泄露出她所感受到的欢乐的声音，和恳求我缓缓地来以延长她的幸福的声音。我爱看她沉醉着逸乐，懒洋洋地凝看着我，或是憔悴着爱情，长久地不愿人去碰她一碰。可是这种利益，老天是不赐与青年人的，要到中年才会遇到。性急的人去喝新酒罢，我呢，你倒那一直从前在执政官时代盛在一个双持中的我们的祖先所酿的陈酒给我喝罢。榆树要经过许多岁月才能抵抗斐菩斯[252]的光，而那新割过的草地却伤了我们的脚。什么！在海尔迷奥奈[253]和海伦之间你宁愿要海尔迷奥奈吗？而高尔葛[254]又胜过她的母亲吗？总之你要尝成熟的爱情的果子，只要你不固执，你总会如愿以偿的。

现在那个从犯——床——已接受了我们的一双有情人了。缪斯啊，在他们的卧室的闭着的门前止步罢。没有你，他们也很会找出许多的话来的，而且在床上他们的手是不会有空闲的。他们的手指也会在阿谟尔欢喜把他的箭射过去的神秘的地方去找事情做的。从前那最英武的海克笃尔是如此地对付盎特罗玛黑的，海克笃尔所擅长的并不只是打仗。那伟大的阿岂赖斯也

---

252. 见卷一注11。
253. 海伦之女，见卷一注138。
254. Gorge，阿尔黛阿Althaea之女。

是如此地对付他的利尔奈索斯的女俘虏[255]的,当他战乏了,睡在一张柔软的床上的时候。勃丽赛伊丝啊,你一点也不畏惧地受着那双常染着特洛伊人的血的手的抚爱。陶醉的美人啊,那时你所最爱的,可不正就是感到那胜利者的手紧搂着你那回事吗?相信我,不要太急于达到那陶醉的境地,你须得要经过许多次的迟延,不知不觉地达到那境地。当你已找到了一个女子所欢喜受抚爱的地方,你须得不怕羞去抚爱。于是你会看见你的情妇的眼睛里闪着一道颤动的光,像水波所反映出来的太阳光一样。随后是一阵夹着甜蜜的低语声的怨语声,醉人的呻吟,和那兴奋起爱情的蜜语。可是你不要把帆张得太满把你的情妇剩在后面,也不要让她走在你前面。目的是要同时达到的。当男子和女子两个同时都战败了,一点没有气力地摊着,那正是无上的欢乐啊!当你悠闲自在的时候和没有恐怖来催你匆匆了事的时候,这就是你应该遵照的规则,可是当延迟着是会发生危险的时候,那时你便弯身在桨上竭力地划着,而且用马刺轮刺着你的骏马。

我的大著快要结束了。感恩的青年人啊,给我棕榈,而且在我的薰香的发上给我戴一个石榴花冠[256]。犹如包达里虑思[257]在希腊人中以医术出名;艾阿古斯的孙子[258]以武勇出名;奈思多尔[259]以机警出名,犹如迦尔卡思[260]之于占卜,戴拉蒙的儿子[261]之于统兵,沃岛美东[262]之于驾车,我呢,我的精于爱术亦如此,多情的男子,歌颂你们的诗人啊,使我的姓氏为全世界所歌唱。我把武

---

255. 指勃丽赛伊丝,见注77。
256. 石榴是维娜丝的树。
257. Podalirius,是医药神艾思古拉比乌思之子,是一个希腊的名医。
258. 见注9。
259. Nestor,特洛伊战役希腊军中之最老最有经验者。
260. Calchas,特洛伊战役希腊军中之占卜者。
261. Telamon,特洛伊战役中希腊英雄阿约思Aiax之父。
262. 见卷一注21。

器供给你们，胡尔迦奴思把武器供给阿岂赖斯[263]，愿我的礼品给你们胜利，正如阿岂赖斯得到胜利一样。而且我希望凡是用我所赠的剑的人们战胜了一个阿马逊人[264]之后，在他们的战利品上这样写："沃维提乌思是我的老师。"

可是现在那些多情的少女们前来向我求教了，年青的美人儿，为了你们，我才遗下后面的诗章。

---

263. 阿岂赖斯的挚友巴特洛格鲁思借了阿岂赖斯的甲盾去和海克笃尔战，为海克笃尔所杀，阿岂赖斯听见挚友已死，甲盾丧失，既悲且怒，他的母亲为他求天上的铁匠胡尔迦奴思为他一夜造成甲胄兵器，后来终究杀死了海克笃尔。

264. Amazones，传说是一个善战的女子的民族，她们养了男孩就丢了，而且自己烧去左乳，以便弯弓。

第三卷

　　我刚才武装起希腊人来战阿马逊人：班黛西莱阿[265]啊，现在我要拿武器给你和你的骁勇的军队了，用相等的武器去上阵啊，胜利是属于那第奥奈[266]和张着翼翅飞行全宇宙的孩子[267]所宠幸的人的。让你们一无防御地受着那武装得很好的敌人的攻击是不应该的。而在你呢，男子，这样战胜了也是可羞的。

　　可是或许有一个人要说了："你为什么还要拿新的毒液给蝮蛇啊？你为什么要把羊棚打开让凶猛的雌狼进来啊？"请你们不要把几个女人的罪加到一切女子的身上去，我们应得照她们各人的行为来判断的。阿特拉思的幼子和长子[268]可以提出一个严重的责备，一个是对于海伦的，一个是对于海伦的姐姐[269]的，达拉奥思[270]的女儿爱丽菲拉[271]的罪活活地将骑着活马的奥伊克葛思的儿子[272]赶到司底克思河岸上[273]去。但是耐洛珀

---

265. Penthesilea，阿马逊人的女主，特洛伊战役中为阿岜赖斯所杀。
266. 指维娜丝，见卷二注102。
267. 指阿莫尔。
268. 指美奈拉乌思和阿邀曼农。
269. 指克丽黛纳思特拉，见卷一注79。
270. Talaus，乘阿尔戈船远征之一人。
271. Eriphyla，盎非拉乌思之妻。
272. 指盎非阿拉乌思Amphlaraux，是奥伊克葛思Oecleus之子，攻带白Tbeboe城七英雄之一，明知此去必死，匿而不出，因为他是一个预言者。但他曾允许过他的妻子爱丽菲拉，凡他自己和首将阿特拉斯都思Adrastus有意见不同处，便取决于其妻。保里尼凯思Polynices，同征者之一，乃以哈尔穆宜亚Harmnia之项圈贿爱丽菲拉，她遂主张出征。结果是，当他在沿河奔逃时，裘比德将地雷震，盎非阿拉乌思与其车其马率陷入地中。
273. 指冥土。

当她的丈夫十年征战十年飘泊的时间却守着贞节。请想想那费拉古思的孙子[274]和那在如花的年纪追陪他到黄泉去的人[275]罢。巴加沙的女子[276]用了自己的生命把她的丈夫——费莱思的儿子[277]——的生命重买回来。"接受我呀，加巴纳思[278]，我们的骨灰至少要合在一起，"伊菲阿丝[279]说着，便纵身跳到焚尸场中去。

德行是以女子为衣以女子为名的，她受它的恩宠难道是可诧的吗？然而我的艺术却不是教这些伟大的灵魂的。我的船只要较小一点的帆就够了。我只教授轻飘的爱情。我将教女人如何会惹人怜爱，女人不懂得抵抗阿漠尔的火和利箭，我觉得他的箭穿入女子的心比穿入男子的心更深。男子们是老是欺人的，纤弱的女人们欺人的却不多，你且把女性来研究一下罢，你就会找到负心的是很少的。那已做了母亲的生在法西斯岸上的女子[280]，受了约松的欺骗和抛弃。那艾松的儿子[281]在怀间接受了另一个新娘[282]。戴设斯啊，阿丽亚特娜独自个被弃在她所不认识的地方，几乎做了海鸟的食料[283]。你去考查一下为什么有一条路叫"九条路"，回答是：树林哭泣着菲

---

274. 指泊洛代西拉乌思，见卷二注69。
275. 指拉奥达米阿，见卷二注68。
276. 指阿尔开丝黛Alceste。她的丈夫阿特美都思病得快死，命运女神们说假如有人肯代他死，他才能活。阿尔开丝黛便去为他做替代。后为泊洛赛尔比娜Proserpina（或云海尔古赖斯），自冥土携回。
277. 指阿特美都思。费莱思pheres是他的父亲。
278. Capaneus，攻带白城七英雄之一。其妻为曷阿德芮。当加巴纳思被衮比德以雷击死后行葬礼时，她投入骨灰内，以身殉其夫。
279. Iphias，伊非思Iphis之女，即曷阿德芮Euadne，加巴纳恩之妻。
280. 指美黛阿。见卷一注83、卷二注28。
281. 指约松。
282. 指克莱乌莎，见卷一注82。
283. 见卷一注98。

丽丝[284]，把它们的叶子落在她的坟上。你的宾客是有虔信人的名誉的，然而，艾丽莎[285]啊！你却从他那儿接受到一把剑和失望，便使你自杀了。不幸的人们啊，我将告诉你们的惨遇的原因：你们不懂得恋爱。你们缺少艺术，而那使爱情持久的正就是艺术。就是到今日她们仍旧不懂得，可是那岂带拉的女神[286]命我把我的课程去教女子。她现身在我面前对我说："那些不幸的女子有什么得罪了你吗？你将她们那些没有抵抗力的队伍投到武装得很好的男子们那儿去。那些男子，你已为他们著了两卷书，把他们爱术已教得精通了，女性自然也轮到——受你的功课了。那起初贬骂那生在代拉泊奈[287]的妻子的人随后在一篇更幸福的诗中歌颂着她了[288]。假如我很认识这曾经爱过女人们的你，请你不要叫他们吃亏罢。这个服务的报偿，你一生之中都可以要求的。"当她站在我前面的时候这样说着，又从那戴在她头上的石榴冠上，摘下了一片叶子和几粒石榴给我。当我接受的时候，我感着一个神明的感应。空气是格外光辉而清净，而工作的疲倦又绝对不压在我心上了。当维娜丝感兴起我的时候，女子啊，到这儿来求学罢！贞节和法律都准许你，你的利益也在邀请你。从今以后请你想一想那不久将来到的衰老罢。这样你便不会把流光虚掷了。当你还能玩的时候，当你还在生命的春日的时候，娱乐啊，年华和逝水一样地流去了，逝

---

284. 见卷二注64。
285. Elissa，即第多Dido，迦太基女王，在维尔吉留思的Aeneis里说，她殷勤地款待特洛伊亡命的英雄艾耐阿斯，而且爱上了他，但后来艾耐阿斯膺神意他去，不得不离开了她，她便以宝剑自杀于火葬堆上。
286. 指维娜丝，见卷二注9。
287. 指海伦，代拉泊奈Therapne，是她的生地。
288. 指古希腊诗人施岱西诃鲁思Stesichorus。"Stdsikhoros咏Ilion，于Helene有微词，已而病目，疑为祟。且考核史迹，亦以旧说为诞。因作反歌（Palinodia），言Helene未尝至Ilion。实Zeus遣一化身（Eidolon）代之往也，未几疾瘳。……"（以上抄自周作人著《欧洲文学史》。）

波是永不会回到水源的,时候一朝过去了也一样地去而不返的。不要辜负了好时光。它如此快地飞去了!今日是总不如昨日好的。在这些荆棘丛生的地方,我曾经看见紫罗兰漫开过,这枝生刺的荆棘从前曾经供给我很好的花冠过。你现在年纪还轻,推开了你的情郎,可是当有一个时候来到了,衰老又孤单,你夜间将在孤冷的床上颤栗着了。你的门不会被情敌们的夜间的争执所打破,而且在早晨,你更不能看见在门槛上铺满了蔷薇。啊啊,我们的皮肤是那样快地起皱了!我们的灿烂的容颜是那样快地改变了!那你发誓说你做少女的时候就有的白发不久就要满头了。蛇脱了皮就脱了它的衰老,鹿换了角便又变作年轻了,可是时间从我们那儿夺去的长处是什么都不能补救的。花开堪新直须折,莫待无花空折枝啊。多生孩子是格外能使人老得快些,收获的次数太多会把田弄枯的。

"月"啊,安第米雍[289]在拉特摩司山[290]上没有使你害羞,而凯发路思[291]之被蔷薇手指的女神[292]所抢得是没有什么可羞的,而阿陶尼斯是更不用说了,维娜丝到现在还哭着他,她的儿女艾耐阿斯和哈尔穆宜阿[293]是从哪儿来的呢?凡女啊,你们须学着神仙的榜样,不要拒绝你们的情郎所希望的,你们可以给他们的那些欢乐。假设他们欺骗了你们,你们会损失些什么呢?你们所有的一切,你们仍旧保留着。一千个人可以得到你们的恩宠,可是他们不能损失你万一。功夫久了,铁石都会磨穿,

---

289. Endymion是一个美丽的牧人,为月神阿娜所爱,她把他带到拉特摩司山上,恐怕他老去变丑了,她设法使他永远地睡着。

290. Latmus,在卡利阿Caria。

291. Ceplalus,是一个年轻的猎人,奥洛拉爱着他,将他抢了去,但他始终爱着他的妻子泊洛克丽丝Procris。

292. 指黎明女神奥洛拉Aarora。

293. 艾耐阿斯是维娜丝和盎启赛思Auchises所生的儿子,哈尔穆宜阿Harmonia是维娜丝和马尔斯所生的女儿。

可是我所说的那件东西却能抵抗一切，你也用不到怕有丝毫损失。一支蜡烛在接一个火给别一支蜡烛的时候会失去了光亮吗？小小的一勺会枯了沧海吗？可是许有一个女子回答男子说："没有法子。"什么？你会损失什么？不过是你拿来洗浴的水吧。我并不是劝你委身于一切过路人的，不过请求你不要怀疑有什么损失吧！在你赐与的时候。你是一无损失的。不久我是要一阵更有力的风了，现在我还在港口，一阵轻风已足够送我前进了。

我先从冶容之术开始，栽培得好好的葡萄能得多量的酒，耕耘得好好的用收获就丰富。美貌是天赐的礼物，可是能以美貌来骄傲的有几个！你们之中有许多人都没有接受到这种赐与。冶容之术会给你们一张俊俏的脸儿，一张脸儿假使不事修饰，即使它是像伊达良的女神[294]的脸儿一样，也会失去了它的一切的光彩。假如从前的女子们不关心于冶容，那么她们的丈夫也不会关心她们了。假如那披在盎特罗玛黑身上的衫子是粗布做的，可值得诧异吗？她的丈夫[295]不过是一个粗鲁的兵。有人可看见阿约思的妻子装束得很华美地去见她的以七张牛皮做盾的丈夫吗？从前一种乡村的淳朴统治着，现在的罗马却璀璨着黄金又拥有它所征服的全世界的浩漫的财富。你且看看现在的加比都良[296]和从前的加比都良吧，人们会说这是供奉另一个裘比德的了。元老院现在是很配那庄严的会集了。在达丢思王[297]治国的时候，它不过是一所简单的茅舍而已。这巴拉丁山，在那里有阿普罗和我们的领袖们保护之下的灿烂的大

---

294. 指维娜丝。伊达良Idalium是肩泊鲁斯的城名，在那儿，她特别为人们所崇祀。
295. 指海克笃尔。
296. Capitolium供奉裘比德的神殿，建立在罗马Mons Tarpejus（达尔贝于斯山）上。
297. Tatius，沙皮尼族的王，和罗摩路斯同治罗马。

腹[298]，在那时是什么呢？一片耕牛的牧场而已。让别人去夸耀往昔吧，我呢，我是自庆生在今世的。现在这世纪是合我的脾胃的。这可是因为在今日人们从地下采取黄金，人们从各处海岸上采取珠贝，人们看见山因为采取大理石而消灭下去，和我们的大坝把青色的波涛打退了吗？不是的，是因为现在人们讲述冶容之术，而长久留在我们祖先的时候的鄙野，到我们这时候已不存在了。可是你们却也不要把那些黑色的印度人在绿水里采来的高价的宝石挂在耳上，也不要披着那妨碍你们的轻盈的，坠着黄金的锦衣。这种场面，你们本来是想用来引诱我们的，结果却反使我们吓跑了。

　　素雅的装束才会使你惹人怜爱。不要把你们的头发弄乱。梳头妈妈的手能够增加美丽或是减损美丽。梳头有许许多多的式样，每人选择一个适合自己的式样，第一要紧的就是要照一照镜子。脸儿长的须得将头发分梳在额上，不用什么装饰，这就是拉奥达米阿的梳法。把头发梳起来，在额前梳成一个小髻，让耳朵露出来，这种梳法是宜于圆脸的女子的。有的少妇让长发披拂在肩头，和谐的斐菩斯啊，正像你一样，当你在调琴时。有的却应该梳起辫子，像那老是穿着短短的衫子在林中追逐猛兽时的第阿娜一样。有的飘着鬈曲的头发使我们着迷，有的把头发梳得平平地贴在鬓边使我们销魂。有的应该簪着玳瑁的梳子做装饰；有的应该把她的头发卷作波纹。浓密的橡树的橡实，勃拉山[299]的蜜蜂，阿尔贝山[300]的野兽都还可以计算，而每日出采的梳头的新花样却数也数不清楚。随便的梳妆有许多人是相配的，这种梳妆别人以为是前一日梳了现在重新

---

298. 指王宫Domus Augustana（奥格斯特家），山有一阿普罗神殿。
299. 见卷二注92。
300. Alpe，欧洲西南部山脉。

整理一下的。艺术是应该模仿偶然的。在破城后，伊奥莱[301]现身于海尔古赖斯之前的时候也是这个模样的，海尔古赖斯一见她就说："我所爱的正就是这个人。"而你，被弃的格诺梭思地方的女儿[302]，当你在刹帝鲁斯们的"曷荷艾"呼声中被巴古斯举到他的车上的时候，你也是这个模样的。女人啊，老天对于你们的爱娇是多么地肯出力帮忙，你们有千种的方法来补救时间的损害！至于我们男子呢，我们简直没有方法去掩过时间的损害，我们的被年岁所带去的头发，像被北风所吹落的树叶一样地凋落。女人呢，用格尔马奈[303]的草汁来染她们的白发，技术给与她们一种假借的颜色，比天然的颜色更好看。女人呢，装着她刚买来的茸厚的头发走向前来，而且，只要花几个钱，别人的发就变了她们的了。而且她们是公然在海尔古赖斯和缪斯们面前买假发也不害羞的[304]。

  关于衣饰我说些什么呢？那种华丽的镶边和用帝路司红染过的毛织物和我有什么关系呢？价值便宜些的颜色正多着！为什么要把你全部的财产全背在身上呢？你看这天蓝，正像被南风吹散了雨云的青天一样；你看这金黄，这正就是从伊诺[305]的毒计中救出弗里若克思和海莱[306]来的公羊的颜色。这绿色模仿着海水，由海水而得到它的名称[307]。我很愿意相信这是

---

301. Iole，奥哈里阿Oechalia国王葛里都思Eurytus的女儿。
302. 指阿丽亚特娜，见卷一注98。
303. 格尔马奈Germanae族人用某种草来染发，而迦里阿人，据该撒在《记事》第五卷上说，是用一种叫guesde或名pastel的草来染发的。
304. 指建立在马尔所场的一个寺院。
305. Ino，阿达马思Athamas之后妻。她想将阿达马思前妻奈弗莱Nephele之子女弗里若克思Phrixus和海莱Helle弄死。但谋尔古虑思给了奈弗莱一头金毛的公羊，她把自己的子女放在羊背上，便从伊诺的妻手中脱逃出来，但不幸在中途海莱坠入海中。
306. 见前注。
307. 这儿指一种名叫Cumatile的布，Cumatile一字是从希腊文"海"字（Kuma）变化出来的。

水上仙子的衫子。这个颜色像郁金草,就是那沾着露水驾着光耀的骏马的女神[308]的郁金草衫子的颜色。那里你可以找到巴福斯的番石榴的颜色,这里有紫红宝石色,苍白的蔷薇色或是脱拉岂阿的鹤羽色。我们还有阿马里力思[309]啊,你所爱吃的栗子的颜色,杏仁的颜色,和从蜜蜡得到名称的布的颜色。毛织物所染的颜色,是和那当春天的温息使葡萄抽芽又驱逐了那懒散的冬天的时候地上所发的花枝的颜色一样地多,而且许还更多些。在这许多颜色之间,你留意选择吧!因为一切颜色不是都适合于一切女子的。黑色是配合皮肤皎白的女子的:黑色是适合于勃丽赛伊丝的,当她被掠的时候,她正穿着黑色的衣裳。白色是宜于棕色的女子的:凯弗斯的女儿[310]啊,一件白色的衫子使你变成格外娇媚,这就是你降落到赛里福司岛[311]时所穿的衣裳的颜色。我正要告诉你不要使你的腋下有狐臭,不要使你的腿上蠹起粗毛。可是我的功课不是教授那些住在高加赛山岩下的女子和喝着米西阿的加伊古司河水的女子的。叫你们不要疏忽把牙齿弄干净和每天早晨在梳状台上洗净了脸有什么用呢?你们会用铅粉来涂白你们的脸儿,皮肤天生不娇红的人可以用人工使它红的。你们的艺术还能补救眉毛离得太开的毛病,又能用"颜妆"贴住你们年龄的痕迹。你们更不要害羞来用细灰或是生在澄清的启特诺斯河岸上的郁金草涂在眼圈上来增加你们眼睛的光彩。关于那些使你们美丽的方法,我已著有专论[312],虽然是短短的,却很精密重要。不被老天所宠幸的青年女子,你们亦可以到那儿去讨救兵。我的艺术是不吝以有益

---

308. 指奥洛拉Aurora,黎明之女神。
309. 见卷二注59。
310. 指昂德萝美黛,见卷一注18。
311. Seriphos,爱琴海中的一个岛。
312. 指沃维提乌思所作《Medicamina faciei feminae》。

的话来教你们的。

可是不要使你的情郎瞥见你摊满了小盒子坐在桌旁，要使艺术使你美丽而不给别人看见。看见那酒渣儿满涂在你的脸上，因重而坠下来流到你的胸头，谁会不厌恶呢？那以脂质液来做原料的粉的气味是那样的一种气味啊！虽然这液体是从没有洗过的羊毛中取出，从雅典运来的。我更不劝你在别人的面前用鹿髓，或是在别人面前净牙齿。这些我很知道是能使你格外娇媚，可是那种光景却是不很体面的，多少的东西当在做的时候是何等的难看，而当做好之后却使我们看了何等的欢喜！今天你们看看这些雕像，勤苦的米罗[313]的杰作，在从前不过是一块顽石，一块不成型的金属。要做一个金戒指是要先捶金的，你现在所穿的衣裳从前只是一些不干净的羊毛。这大理石像，从前只是一块不成东西的石头，而现在已成为著名的雕像，这个是在绞去头发上的水的裸体的维娜丝[314]。同样，当你们在你们的美上面用功夫的时候，你们让我们以为你们还睡着吧！等你们妆成后出来，好处就多了。为什么要我知道你们脸儿姣白的原因呢？把你们卧室门关起来吧。为什么要把那不完全的工程显露出来呢？有许许多多的事情男子们是应当懵懂的，假使内幕被我们看穿了，差不多什么外表都会受我们的厌恶的。戏场上金色的饰物，你仔细去看看，那不过是一块木头上包了一层薄薄的金叶子吧！戏不演完时是不准看客走近去看的，因此你们应当在男子们不在旁边的时候装扮，这是同样的理由。然而我却并不禁止你们在我们面前叫人梳理头发，我爱看你们的发丝披拂在你们的肩头。可是你应当没有一切的坏性子，又不可叫人几次三番地拆了又梳，梳了又拆。不要使你们

---

313. Myro，希腊著名雕刻家。
314. 指"出水的维娜丝"。

的梳头妈妈对于你们有所恐惧,我恨那些用指甲抓破梳头妈妈的脸和用发针刺她的手臂的女人们。她诅咒着她的女主人的头,那她还捧在手上的头,同时,她流着血把她的泪滴到那可恶的头发上。一切不能夸耀自己的头发的女子应得在门边放一个步哨,或者老是在善良女神[315]庙里去梳头。有一天,他们向一位女子通报我的突然的光临,在匆忙之中,她把假发都装倒了。愿这样大的侮辱加到我们的仇敌的身上去吧!愿这种耻辱备给巴尔底[316]的女子吧!一只牛没有角,一片地没有草,一株树没有叶和一个头没有发都是极丑的东西。赛美莱[317]或是莱黛[318]啊,我的课程并不是教你们的,被一头假牛所载到海外的西同的女子[319]啊,我的课程也不是教你的,更不是教海伦的,这海伦,美奈拉乌思啊,你索取她是理应正当的,而你,抢她的特洛伊人啊,你不放她亦是有理由的。我的女弟子的群众中美的丑的都有,而丑的尤其是占据大多数!美的女子不必一定要我的功课的帮助和教训,她们有那属于她们的美,并不需要艺术来施行它的权威的。当大海平静的时候,舵工是可以平安地休息的,起了风浪的时候,他便不离开他的舵了。可是一张没有缺点的脸儿是很少的!藏过了这些缺点,而且,尽力地减少你身体上的不完善啊。假如你是短小的,你便坐着,因为怕你站着的时候使人还以为你是坐着,假如你是个矮子,你便当躺在床上,这样躺着,别人便打量不出你的身材了,更用一件衫子把你的脚遮住了。太瘦小,你便穿厚布的衣服,再用一件

315. 罗马女子所崇奉的司生殖的女神,她的神祠是禁止男子入内的。
316. 罗马人的世仇。
317. Semela,一位地上的女神,为裘比德所爱,和他生了巴古斯。
318. Leda斯巴达王登达勒思Tyndareus之妻,裘比德爱上了她,变成一头白鹅去近她,和她生了Castor, Ponllux, Clytemnestra, Helena。
319. 指欧罗巴(见注73),因为她是福艾尼开的国王的女儿,而西同Sidon是福艾尼开的最古的城。

很大的大氅披在你肩上。惨白的脸便须搽上胭脂,棕色的脸便得向法鲁斯的鱼[320]讨救兵。畸形的脚须得藏在精细的白皮鞋里,干瘦的腿切莫不裹皮带露出来给人见。薄薄的小垫子补救了肩头的高低不齐,假如胸脯扁平的,便得遮一块胸袜。假如你的手指太粗或是你的指甲太粗糙,说话的时候千万不可做手势,口气太重的女子,在肚子饿的时候切不可说话,而且对男子说话的时候也应得站得远远地。假如你的牙齿是太黑,太长,太不整齐,那么你一笑就大糟而特糟了。

  谁会相信呢?女子甚至还学习如何笑,这艺术能使她们格外爱娇。口不要开得太大,要使你的颊上起两个小小的酒涡儿,使下唇盖住上面的牙尖。笑的时候不要太长久,笑的次数不要太多,这样你的笑就温柔,细腻,人人爱听了。有些女子扭曲了她们的嘴大笑,做出怪难看的样子;有的女子大声地笑着,我们听起来却像是在哭着。还有一些女子拿那粗蠢而不愉快的声音来乱我们的耳朵,正像那牵磨的老母驴子的鸣声一样。艺术哪一处不伸张到啊?女子甚至还学习哭得好看呢,她们流着眼泪,在她们要哭和好像要哭的时候。那些吃去了重要的字母和勉强使她的舌头格格不吐的女人我又怎样说呢?这种读音的毛病在她们是一种爱娇,她们学习着说得更不好些。这是琐细的事,可是既然是有用的,你便得当心研究。你们需学着和女子适合的步法。在步履中有一种不可忽视的美,它能够吸引或是推开一个你们所不认识的男子。这一个,臀部摆动得合法,使她的长衫随风摇曳,尊贵地一步步地向前走去。那一个,像一个翁勃利[321]的村夫的黄面婆一样,跨着大步走着。关于这一点,正如和其他事件一样,应当有个节度的。这一个太

---

320. 指鳄鱼,妇女从它腹中取出白色来涂面。
321. Umbri意大利的一个民族。

乡下气了,那一个太柔软太小心了。而且,你须得让肩头和左臂的上部露出来。这事对于皮肤雪白的女人尤其合宜,被这种光景所激动,我会渴望去吻着我从那肩头所看见的一切。

西兰们[322]是海上的妖精,她们用那悦耳的歌声把那飞驶的船弄停了。西昔福斯的儿子[323]听了她们的歌声,几乎要把那缚住他的绳子弄断,而他的同伴们,幸亏那封住耳朵的蜡,才没有被诱惑。悦耳的歌声是一件迷人的东西。女子啊,学着唱歌吧(有许多面貌不美丽的女子,是用声音来做诱惑的方法的)。你们应当有时背诵着那你们从云石的剧场里听来的曲子;有时唱着那带着特有的节奏的尼罗河的轻歌。那些要向我来就教的女子们不应该不懂得用右手握胡弓,左手拿筷箜的艺术。洛道迫山[324]的歌人奥尔弗斯[325]能用他的琴韵去感动岩石,猛兽,鞑靼的湖和三头犬。你这个很正当的替母亲去复仇的人啊[326],听了你的歌声,那些顽石很听话地前来搭成一座新的城墙了。鱼虽然是哑的,却会感受琴韵,假如你是相信那大众咸知的阿利洪[327]的故事的。更学着用两手挥弹古琴吧,这个欢快的乐器是利于爱情的。

你们还须得知道加利马古思[328]的,高司的诗人[329]的和戴

---

322. Siren,是一种鸟形而生着妇人的头的海上的怪物,唱着迷人的歌,使水手罹难。

323. 指屋里赛思,他的母亲曾受西昔福斯Sisyphus的强暴。

324. Rhodope,脱拉岂阿的山名。

325. Orpheus,神话上脱拉岂阿的一个著名的游吟歌人。

326. 指盎非雍Amphion,他的母亲盎蒂奥泊Antiope被她的叔父利古思Lycus,带白的篡位王,及其妻第尔凯Dirce所虐待,卒被害死,后盎菲雍带领随从攻陷带白城,为母复仇。盎非雍善奏琴,奏时能使石子自己聚拢来,围成一座墙,以守其领土。

327. Arion,约7世纪前希腊Lesbos诗人,是一个著名的弹琴人。传说他航海被劫,至被投入海中,一只他用音乐引近船头的海豚救他到了带纳鲁斯Taenarus。

328. Callimachus,纪元前四世纪希腊诗人。

329. 指Philetas,Cos人,为希腊诗人代奥克里都思Theocritus之师。

奥司的老人——酒的朋友[330]的诗歌。你们也得认识了莎馥[331]（还有什么东西比她的诗更娇艳多情吗？）和那个写一个被那欺诈的葛达所骗的父亲的诗人[332]。你也可以念念那多情的泊洛拜尔谛乌思[333]，几章加鲁思[334]的或是我们那可爱的谛蒲路思[335]的诗，或是华鲁[336]所制的咏那使弗里若克思的妹妹[337]和那如此不幸的金毛公羊的诗。你们尤其应当念念那咏流亡的艾耐阿斯——崇高的罗马的建设者的行旅的诗人的诗[338]，这是拉丁族的最大的杰作。或许鄙人的贱名也可以附骥于他们的鸿名下；或许拙作会不被莱带河的水[339]所淹没了，是的，或许有一个人会说：假如你真是一个有学问的女子，你念念那我们的老师开导男女两性的诗章[340]，或者在他所作的题名为《爱情》的三卷诗章中，选几节你将用温柔又清脆的声音来念的诗吧，或者，用一种轻盈的声调来念他的《名人书简》的一篇吧！这种体裁在他以前是没有人知道的，他是发明者。斐菩斯，强有力的生角的巴古斯，还有你们，贞洁的姐妹们，诗人的保护的神祇[341]，请垂听我的心愿啊！

我愿意——这个别人是无可怀疑的——女子能够跳舞，如此当别人请求她跳舞的时候，她可以走出筵席来，优美地摆动

---

330. 盎阿纳克莱指Anacreon（公元前560～前478）希腊诗人，生于Teos。
331. Sappho，希腊女诗人。
332. 指希腊诗人梅囊代尔Menander。
333. Propertius，公元前1世纪罗马诗人。
334. Gallus（公元前69～前26）罗马诗人及雄辩家。
335. Tibullus，罗马诗人，生于公元前54年，死于公元前19年（？）。
336. Varro（公元前116～前27）罗马诗人及杂文作家。
337. 见注41。
338. 指维尔吉留思Vergilitls及其名作《Aeneis》。
339. Lethe，是冥土中的一条河，饮其水者即忘其一切过去，"被莱带河的水所淹没"大约是被人遗忘了的意思。
340. 即指《爱经》。
341. 指九位文艺女神。

着她的手臂。好的跳舞家使剧场中的看客皆欢喜，这种优美的艺术在我们是多么地有蛊力啊！我很惭愧说得这样琐细，可是我希望我的门徒能精于掷骰子，而且一掷下去就会算出点数来，她应该有时掷出三点，有时恰巧掷出那可以赢的和所需要的点子来。我也希望我的门徒下起棋来不要吃败仗，一个"卒"是打不过两个敌人的；"王"是须得和"后"分离着打仗的，一拼命，敌人就逃了。有一个赌法，按照那如水的流年的月数而分成密密的排列[342]。赌台每面容三只棋子谁第一个走到别一端谁就赢了[343]。千千万万的赌法都要练熟啊，一个女人不会赌是可耻的，因为爱情往往是因赌博而生出来的。可是把骰子掷得很精也不是小事情啊，能够镇定是很重要的了。在赌的时候我们是往往失于检点的，火气把我们的性格暴露出来，而我们的心情也被人赤裸裸地看穿了。生气，赢钱心，占住了我们，因此便发生吵嘴，打架和苦痛的遗憾。我们互相埋怨了。口角声在空气里都布满了。每个人宣着神号相骂着了。在赌鬼，信用是没有的。为要赢钱，人们是什么心愿也许下了！我甚至时常看见那些满脸流着眼泪的人。想求爱的女子们，愿裘比德神为你们免了这些可耻的短处吧！

女子啊，这些就是你们的优雅的天性所允许你们的玩意儿，在男子们呢，他们的范围更大了。他们的玩意儿有网球，标枪，铁饼，武器和练马，体育场是不合你们的口味的，处女泉[344]的冰冷的水也和你们不合宜的，都斯古思的平静的河水[345]中，你们也不会去的。那你们可以的，而且在你们是

---

342. 这种赌博称为：Ludus duodecim scrip torum。
343. 和前面所说的赌博不同，这是用十五只棋子的。
344. Aqus Virgo，在罗马体育场中，赛车或角力过的人，都到那里去洗去灰尘和汗水。泉水至冷。
345. 指谛勃里斯Thybris河。

有用的，就是在"太阳"的骏马跑进"处女宫"的时候[346]到朋贝尤斯门下[347]去散散步。到巴拉丁山上的戴月桂冠的斐菩斯的神殿里去巡礼一番——那在海底里把巴莱多尼思[348]人的兵船弄沉的就是他——或者到那"大帝"的妹妹和皇后，和他的戴海军王冠的女婿所建筑的纪念物[349]边去走走也好。那为曼非斯的牡牛[350]献着香烛的神坛下也要去。那以可以出风头出名的三个戏院[351]尤不可不去。那新血还热着的竞技场和转着飞奔的马车的赛车场也得常去跑跑。隐掩者终不为人所知；不为人所知者不为人所欲。一张娇丽的脸儿，假如不给别人看，那还有什么用呢？你唱，你便可以超过达米拉思[352]和阿默勃思[353]。你的琴韵，假如不为别人所听得，如何能得大名呢？假如那高司的画家阿贝莱思[354]不把他的"维娜丝画"出展，这位女神恐怕到现在还沉没在大海里吧。除了"不朽"，那些诗人的野心是什么呢？这是我们的工作所等着的最后的目的。在从前，诗人是为神祇和国王所宠爱的；在古代他们的歌是能得到无数的偿报的；诗人的名字是神圣而受人尊敬的，而且人们往往给与他们

---

346. 八月。
347. 见卷一注26。
348. Paraetonium，埃及沿海的一个城。此处指在阿克沁Actium的战役（公元31年）。在那场战役中奥格斯特打败了安东尼和格莱奥巴特尔。
349. "大帝"指奥古斯特，他的妹妹是屋大薇，他的后是丽薇雅。（见注27、28）他的女婿是马尔古斯·阿格里巴Marcus Agrippa，他战胜安东尼的兵舰和赛克思都思·朋贝尤斯Sextus Pompeius。
350. 指伊西丝（见卷一注33）。曼非斯Memphis是埃及名城。
351. 指巴尔步斯剧场，马尔凯虑斯剧场和朋贝尤斯剧场。
352. Thamyras，传说脱拉邑阿的一个诗人。
353. Amoebeus，未详。
354. Apelles，据沃维提乌思，他是生于高司岛的。他画了那幅名画《出水的维娜丝》，奥古斯特将这幅画藏在该撒的庙堂里。日久画毁，奈罗Nero王代之以道罗德思Dorotheus所作《维娜丝像》。其时阿贝莱思重为高司岛人绘《维娜丝像》。较前作更胜十倍，但未竣而阿贝莱思已死。

无数的财富。伟大的思岂比奥[355]，那生在加拉勃里阿半岛的山间的安钮思[356]是被人认为配葬在你旁边的。可是现在是斯文扫地了，对于缪斯们的勤劳也得到了一个"游手好闲"的名称了。可是无论如何我们总是欢喜刻苦求得名的。谁会认识荷马呢，假如那部不朽的杰作《伊里亚特》到如今还不为人所知？谁会认识达纳爱[357]呢，假如她老是深居在她的塔中？她一定无人知晓，而变做一个老太婆了。青年的美人们啊，轧热闹是有用的。你们须得时常跑到外边去。雌狼是到大群的绵羊里去找食料的，裘比德的鸟[358]是在多小鸟的田间翱翔着的。美丽的女子也应该在群众间露脸的：在人群的人中，她或许可以找到一个她可以诱惑的男子。她须得到处搔首弄姿，还须得注意能增加美好的一切。机会是到处都有的，老是把持着你们的钓钩吧，在那你以为没有什么鱼的水里是会有鱼的。猎狗在多树木的山上到处搜寻而一无所得是常有的事，而人们并不打猎，麋鹿却会自己投到罗网中来。那被绑在岩石上的昂德萝美黛[359]所能希望的最后的事，可不就是看见自己的眼泪诱惑什么人吗？在自己丈夫埋葬的时候找到别一个男子[360]是常有的事。披头散发地走着，又让自己眼泪流着，这在女人是再好看也没有了。[361]前车可鉴，你们的门永不应让一个诱惑者进来。凯克洛泊斯的女儿们[362]啊，不要相信戴设斯的誓言，他凭神祇

---

355. Scipio罗马大将。
356. Ennius，罗马大诗人，罗马史诗的创制者，于公元前239年生于加拉勃里阿半岛Calabria之路第艾Rudiae，没于公元前169年。
357. Danae，阿克里修思Acrisius之女。阿克里修思将她幽闭在塔中，裘比德变成金雨，冲破了她的塔得到了她，遂生拜尔塞斯。
358. 指鹰。
359. 见卷一注18。
360. 指珈桑特拉Cassandra。
361. 指珈桑特拉Cassandra。
362. 指雅典女子，见卷一注39。

发誓这不是第一次啊。而你，岱莫冯，戴设斯底薄幸的承嗣者，在欺骗过菲丽丝[363]以后，已没有人相信你了。假如你们的情人满口说得很好听，你们也像他们一样地满口说得很好听就是了；假如他们拿东西送你们，你们也用相当的情谊回答他们，一个女子是能够熄灭薇丝达[364]的永远的火，掠取伊纳古思的女儿[365]的神祠里的圣物，和献毒酒给丈夫喝的，假如收了情夫的礼物而不把爱的狂欢给他。

可是我不愈说愈远了，缪斯，勒住你的骏马吧，不要越出范围。一个简帖儿前来探测了，一个伶俐的侍女收下它了，当心地念着它，信上所用的辞气是足够使你辨得出那些所表白的心愿是否真诚的，是否出于迷恋着的心的。不要立刻就复信。等待，只要是不太长久，是能够把爱情弄得格外热烈的。对于一个年青的情郎的请求，你须得要搭些架子，可是也不要一口回绝。要弄得他心惊胆跳，同时也要给他些希望，要使每一封回信逐渐地固定了他的希望，减少了他的害怕。女子们所用的辞句应当简洁而亲切，平常谈话的口气是再可爱也没有了。多少次啊，一封信燃起了一颗心里的游移的情焰！多少次啊。一种不通的词句毁坏了美的幻影！可是，既然不戴那贞洁的假面具，要欺骗你们的丈夫而不使他们起疑，你们便须得要有一个谨慎的侍女或是奴隶来为你们传书递简，年轻而没有经验的奴仆是万万靠不住的。无疑地，那个保守着这种把柄的人是没有良心的，可是他所有的兵器是比艾特纳[366]山的雷霆还厉害啊。我看见过无数的女子，为了这种的不谨慎，害怕到脸儿发青。吃尽一辈子的大亏。在我想来，我们可以用欺骗答欺

---

363. 见卷二注64。
364. Vesta，罗马家神。
365. Inachus，伊沃的父亲。
366. Aetua，意大利火山，传说是裘比德的雷电的工场。

骗，而法律也允许以兵器攻兵器的，你们须得要有一只手写出几种笔迹来的本领（啊！那些使我迫不得已教你们采取这种方法的人们给我死了吧!）不先把字迹擦去而复信的人真是傻子，简帖儿上是留着两个人的手迹了。当你们作书给你们的情郎的时候，你须得用那写给你们的女友的口气，在你的信上，要称"他"的地方都须得称"她"。

可是我们且把这些琐事按下不提而说那重要事情。为要保持你们的颜面的好看，你们须得把你们的脾气忍住不发出来。心平气和是合于人类的，正如暴怒是合于猛兽的一样。一发怒，脸儿便板起了，黑血把脉络也涨粗了，而在眼睛里，高尔戈[367]的一切的火都燃起来了。"走开，你这可恶的笛子，我不值得为你牺牲了我的美。"范拉丝在水里看见了自己的影子便这样说[368]。你们也如此，在你们盛怒的时候，假如你们去照一照镜子，恐怕没有一个人会认得出那是你们自己的脸儿来。骄傲也会破坏了你们的美丽的，要钩起爱情，是要媚眼儿的。相信我的经验吧，太骄傲的神气我们是憎厌的。往往虽则一句话也不说，脸上也带着恨的根苗的。有人注视你，你也注视他。有人向你温柔地微笑，你也向他温柔地微笑。假如有人向你点头，你也向他打个招呼。阿谟尔也是先用钝箭尝试，然后从箭囊里拔出利箭来的。我们亦憎厌悲哀。让黛克梅莎去被阿约思[369]所爱吧，像我们这种快乐的民族呢，一个快乐的女子才能钩动起我们的春心。不，绝对不是益特罗玛黑，绝对不是黛克梅莎，你们两人中，我一个也不想你们来做我的情妇。我甚至还不大相信，虽则你们的子孙使我不得不相信，你们会和

---

367. 见卷二注63。
368. 笛子是范拉丝Pallas发明的，但是当她在水中照见了吹笛时，缩着嘴唇的样子，她便立刻把笛子丢了。沃维提乌思在他的Fastes中有更有趣的叙述。
369. Tecmessa，阿约思Aiax之妻。

你们的丈夫同床过。一个沉浸在悲哀中的女人，怎样会对阿约思说："我的生命啊"，和一切在男人们听到了要全身舒畅的话呢？

请你们允许我对于我的不足轻重的艺术来引用几个伟大的艺术的例子，而且请你们允许我把这艺术和总兵的大元帅的企图来比拟。一位精明的大元帅把一百个步兵的统带权托付给一个将官，把一队的骑兵托付给另一个将官，把旗卫兵托付给又是一个将官。你们也是如此，你们须得审察一下，我们中某人做某事是相配的，是对于你们也有用的。要有钱的人送礼物，要法学家出主意，要律师打官司，我们这些做诗的人呢，要我们做诗送你们。我们这一群比什么人都多懂些恋爱，我们会使那叫我们迷恋的美人名震遐迩。奈梅西丝[370]是出名了，卿蒂阿[371]也出名了。自西至东，丽高里丝[372]的名字谁都知道了，而且人们也时常问起那我所讴歌的高丽娜[373]是谁。我还要说，那些诗人，神圣的人物，是有一颗不知道"负心"的心，而我们的艺术又用它的意象把我们改造过了。我们是既不为野心，又不为金钱所动摇的，我们厌恶名利，只要阴暗和一张卧榻就满足了[374]。我们是容易结识的，我们是烧着一个久长而热烈的情火的，我们是知道用真心真意爱着的。无疑地，我们的性格已经受我们的和平的艺术陶熔过了，而我们的习惯也是和我们的努力同化了。青年的美人啊，对于诗人们，鲍艾沃帝阿的神祇[375]的弟子，你们是应当迁就些的，灵感使他们有力，缪斯们宠爱他们，我们身上附着神明，而我们又和天有

---

370. Nemesis, 谛蒲路思（见注71）诗中所歌的人。
371. Cynthia, 泊洛拜尔谛乌思（见注69）诗中歌咏的人。
372. Lycoris, 加鲁思（见注70）诗中所歌咏的人。
373. Corinna, 沃维提乌思诗中所歌咏的人，见所作《爱情》。
374. 这是一句双关的句子。
375. 因为缪斯们的居处海里公山Helicion是在鲍艾沃帝阿。

交往，我们的灵感是从天上降下来的。博学的诗人的等待金钱是一种罪恶，啊啊！这是一种什么女子都怕做的罪恶。女人啊，你们至少要会矫饰，不要一下子就把你们的贪心露出来，一看见是陷阱，一个新的情郎就要吓跑了。

一个老练的马夫的用辔，对于新马和对于旧马是不相同的。同一的理由，为要引诱一颗有经验的心和一个青春的少年，你们是不应该取同样的方法的。那个你准许进你的卧房里去的，第一次进情场的新手，新的猎品，是应该使他只知道你，是应该使他老是在你的旁边，这是应该四边围着篱笆的植物。你须要费心情敌，只要你伴着他不放松，你就一定胜利了，维娜丝的权，正如国王的权一样，是一离开就糟的。至于那别一个，那个老兵，是会神不知鬼不觉地，乖乖地爱着的，他能忍下许多新兵所忍受不下的事情。他不会打破你们的门或是烧你们的门，他不会用他的指甲抓破了他的情妇的嫩脸，他不会撕破她的长衣或是一个女子的衫子，而且，在他，马被劫去了也不会流眼泪的。那激情是一个在青春期和恋爱期中的少年所仅有的。而别一个呢，他会耐心地忍受着那些最厉害的伤楚。他所燃烧着的情火是不旺的，啊啊！正如燃烧着湿稻草，或是新从山上砍下来的柴一样。这种的爱情是靠得住的，而那种的爱情虽是热烈，但是不能经久，快些去，采那一现的昙花啊。

我就要把一切献给敌人[376]了（我们早就开门临敌了），面对于我的叛逆，我也是存着至诚不欺之心。太容易垂青是难长久养爱情的，在温柔的欢乐中是应该夹入些拒绝的。让你的情郎剩在门口，要使他叫着"忍心的门！"要使他不停地哀求和威吓。清淡的东西我们是不欢喜的，一种苦的饮料倒能打开

---

376. 指女子。

我们的胃口。一只船被顺风翻没了是常有的事。下面是阻碍一个丈夫爱自己的妻子的理由：无论什么时候，高兴要看她就可以看见她。把你的门关起来吧，叫你的守门人对我说："不许进来。"一被关在门外，爱情便热烈起来了！现在把钝兵器抛下来拿锋利的兵器吧。我相信就要看见那我发给你们的箭反要向我射来了。当一个新的情郎坠入你的情网的时候，你要使他起初自庆着能独尝禁脔，不久你便得给他一个你另有所钟，而你的恩眷并非他所独得的恐惧。假如没有这种战略，爱情便老去了。一匹骏马只有在对手超过它的时候或是要赶上它的时候才拼命地跑的。假如我们的情焰熄了，是要妒忌来使它重燃的。在我呢，我承认假如别人不伤触了我，我是不会爱的。可是不要使你的情郎很明白地知道他的苦痛的原因，让他提心吊胆着，不知到底是怎么一回事。你须要假说有一个奴隶在暗底下留心你们的一举一动，和一个很厉害的丈夫在想法捉奸，这样是能使爱情兴奋的。没有危险，欢乐也就没有劲儿了。即使你是比达伊丝[377]都自由自在，你也得疑人疑鬼地害怕着。当你可以很容易地叫你的情郎从门里进来的时候，偏要叫他从窗口爬进来，而且你的脸儿也须装出惊怕的表情。须要有一个狡猾的侍女急急忙忙地跑进来，喊着：我们糟了！于是，你便把你的那个害怕得发抖的少年情郎随便在哪里去藏一藏。可是，在这恐惧之后，你须得叫他安安逸逸地尝一尝维娜丝的欢乐的异味，不要叫他太吃亏。

如何去瞒过一个狡猾的丈夫或是一个周到的看守人等方法，我是险些忘记讲了。我希望一个妻子怕她的丈夫，我希望她是被看守得好好地，这是在礼仪上所须崇，在法律上，正义上，贞操上所须守的。可是你，刚被裁判官用小棒触着而

---

[377]. Thais，雅典著名艺妓。

解放了的女奴[378]，谁能加你以同样的监守呢？你到我的学校里来听欺骗的课程吧。那些监视的人，即使他们有和阿尔古司[379]一样多的眼睛，只要你有决心，你一定能把他们一个个地都瞒过了。当你一个人在洗澡的时候，一个监守人如何能来妨碍你写信呢？假使你叫你的同谋的侍女把情书放在她胸脯边或鞋底里，监守人如何能妨碍她送出去呢？可是假如那监守人已看穿了这个把戏，那么你便得要叫你的同谋人露出她的背来，把情书写在皮肤上。一个可以瞒过别人的眼睛的最靠得住的方法，就是用新挤的牛乳来写信，只要用些炭末一洒，字就清清楚楚地看得出了。用亚麻茎中挤出来的液体来写也有同样的效验，于是那别人不怀疑的简帖儿上便有着别人所看不见的字了。阿克里修思亲自很留心地管看着他的女儿[380]，可是她终究犯了奸，请他做外祖父了。当在罗马有那么多的戏园子的时候；当她有时去看赛车，有时去看赛会的时候；当她去到那些她的监守人不能进去的地方（因为善良女神[381]是不准男子们走进她的神祠去的，那些她高兴准他们进去的男子是例外）的时候；当那可怜的监守人在那大胆地藏着情郎的浴池外看守着女子的衣裳的时候，一个监守人如何能管住女子呢？当在必要时，她难道不能寻到一个口里嚷着生病的女友（口说生病，倒把自己的床让给她）？那个名叫"奸情女"[382]的复制的钥匙可不是已为我们指出应该怎样办吗？而且要到情妇房里去，我们难道非从门里进去不可吗？为要免去一个监守人的监视，我们

---

378. 这是罗马解放奴隶时的仪式。
379. Argus，有一百只眼睛，是裘娜派去监视伊沃的。
380. Acrisius，阿尔哥斯Argos的国王，他的女儿是达纳爱，和裘比德通，生拜尔塞斯。
381. 见注51。
382. Adultera，是一个给复制的钥匙的名称。沃维提乌思的意思是说人们可以配一个和情妇家里的门的钥匙相同的钥匙。即使门已下锁，也可以开进去和情妇幽叙。

还可以用黎阿葛士的液体[383]，就是西班牙山上出产的也可以。还有一种能叫人深深地睡去的药，它能使一个莱带河[384]的夜压在别人的眼睛上。还有一种幸福的战略，就是叫你的同谋的侍女用欢乐的香饵迷住那个可憎的监守人，叫她用千般的温柔留住他长长久久。可是假如只要一点小小的报效已够贿赂了那监守人，我们又何必来转了许多弯，细微曲折地去想法子呢？用礼物，你们相信我啊，不论是人是神都会受诱惑的，就是裘比德大神也会上献祀物的当的。所以不论是聪明人或是笨人，礼物是没有人不欢喜的。甚至是丈夫，当他收到了礼物的时候，也会装聋作哑的。可是你只要每年买他一次就够了：他伸手过一次，自然也会时常伸手的。

我引为遗憾过，我记起了，朋友是不可信托的[385]：这个遗憾不仅只是对男子们而发的。假如你太信托他人，别的女子就要来分尝你的爱情的欢乐的甜味了，而那你可以获得的兔子，也要被别人弄去了。即使是那个肯把自己的房间和床借给你的忠心的朋友[386]，听我的话吧，她也和我有过好多次关系。不要用太漂亮的女仆，她会常常在我这儿取得她的主人的地位。

我要把自己弄成怎样啊，我这傻子？为什么袒着胸去临敌人呢？为什么自己卖自己呢？鸟是不把捉自己的方法告诉捕鸟人的，鹿是不把自己逃走的路指给那要扑到它身上去的猎犬看的。我自己有什么好处呢？可是不去管他，我大方地继续着我的企图，把那可以将我处死的兵器给与兰诺司的女

---

383. 指酒，黎阿葛士Lyaeus是酒神巴古斯的别名。
384. 见注75。
385. 见第二卷。
386. 见前章。

子们[387]。你们须得要使我们自以为是被爱着（而且这是容易的事），热情是很容易坚信它所冀望着的一切的。女子只要向青年的男子瞟一瞟情眼，深深地叹息，或者问他为什么来得这样迟就够了。你们还须得加上眼泪，一种矫作的嫉妒的怒，又用你们的指甲抓破了他的脸。他就立刻坚信不疑了，他便对你一往情深了，他将说："她发狂地爱着我"，尤其是那些漂亮的，常常临镜的，自以为能打动女神的心的花花公子。可是无论如何，假如受了一个冒犯，你们切不可把不高兴表现得太露骨，知道了你的情郎另外有一个情妇，你切不可气得发昏！

而且不要轻易地相信!太轻易相信是多么地危险啊！泊洛克丽丝[388]已给了你们一个证明的例子了。在那繁花披丽的含笑的希买多斯山[389]旁，有一个圣泉；一片绿茵遮住了土地。矮矮的密树造成了一个林子；杨梅树荫着碧草；迷迭香，月桂，郁翠的番石榴薰香着空气；在那面还有许多枝叶丛密的黄杨树，袅娜的西河柳，金雀花和苍松。在和风的轻息中，一切的树叶和草都微微地颤动着。凯发路思[390]是爱安息的，离开了仆役和犬，这个疲倦了的青年人常常到那个地方去闲坐。他老是这样唱："无恒的凉风啊，到我胸头来平息了我的火罢。"有人听到了这几句话，记住了，轻忽地去告诉他的提心吊胆的妻子。当泊洛克丽丝知道了这个她以为是情敌的"凉风"的名字后，她便昏过去了，苦痛得连话也说不出了。她的脸色变成惨白的，正如那被初冬的寒气所侵的，采去了葡萄的葡萄叶，或是那累累垂挂在枝头的，已经熟了的启道奈阿[391]的果实，或是

---

387. 泛指一般的女子。兰诺司Lemnos是爱琴海中的个岛。岛上的女子，有一夜把一切的男子都杀害了，连自己的丈夫也不能免于难。
388. Procris，爱莱海得士Erechtheus之女。
389. Ilymettus，在阿非利加的一座山。
390. 见注27。
391. 指木瓜。启道奈阿Cybonea是一座在克来特Crete北海岸上的古城。

那还没有熟透的羊桃一样地惨白。当她清醒过来的时候，她把自己胸前的轻衫撕破，又用指甲把自己的脸儿抓破——这张脸儿是当不起这种待遇的。随后突然地披散着头发，狂怒着，她在路上奔跑着，好像被巴古斯的松球杖所激动了一样。到了那所说的地方时，她把她的女伴留在谷中，她亲自急忙掩掩藏藏地蹑足走进树林去。泊洛克丽丝，这样鬼鬼祟祟的，你的计划是什么啊？什么热炎燃起了你的迷塞的心啊？你无疑是想着那个"凉风"，那个你所不认识的"凉风"就要来了，而你又将亲眼看见那奸情了。有时你懊悔前来，因为你不愿意惊散他们，有时你自祝着，你的爱情不知道如何决定，使你的心不停地跳动。你是有地方，人名，告密人，和那多情的男子所容易和人发生恋爱的可能性来做你的盲信的辩解的。在被压倒的草上看见有一个生物的足迹，她的心便立刻狂跳起来了。太阳已到了中午的时候，已把影子缩短了，它悬在天的正中。这时那个岂莱耐山的神祇[392]的后裔凯发璐思回到树林里来了，他用泉水浇着自己的晒热了的脸。泊洛克丽丝，你担心地躲着，而他却躺在那块常常躺的草地上，嘴里说着："温柔的和风，你来啊，而你，凉风，你也来啊。"那个不幸的泊洛克丽丝快乐地发见了那个由于一句两可之词而起的错误了，她安心了，她的脸儿也恢复原状了。她站了起来，那女子想要冲到她的丈夫的怀里去，因此她便翻动了那拦在路上的树叶。凯发路思以为是一头野兽来了，他便用一个少年人的敏捷态度拿起了他的弓，箭是已经握在他的右手中了。不幸的人，你要做什么啊？这不是野兽，留住你的箭吧。箭已射中了你的妻子了。

"哎哟"，她喊着，"你射穿了一颗爱你的心了。这颗老是

---

392. 指谋尔古虑思Mercurius，凯发路思的父亲，生在阿尔迦第阿Arcadia的岂莱耐山Cylene，又在那里养大。

被凯发路思所伤的心。我是在不该死的时候死了,可是我却没有情敌。大地啊,当你遮覆着我时,在我是格外觉得轻些了。那个引起我的误会的'凉风'已把我的生息带去了。我死了。哦!用你的亲爱的手把我的眼皮合下吧。"他呢,吞着沉哀,将那占有他的心的人儿的垂死的娇躯枕在臂上,他的泪水洒着那个惨酷的伤痕上。可是完了,那轻信的泊洛克丽丝的灵魂已渐渐地从她的胸头离去,而凯发路思,把他的嘴唇贴在她的嘴唇上,吸取了她最后的呼吸。

话休烦絮,言归正传:我应该不弯弯曲曲地说下去,要使我的航倦了的船快快地进港了。你不耐地等着我领你到宴会去,而且还想我教你关于赴宴会的门径。你应该去得很迟,而且你的姿态也不该在灯未亮之前显露出来,等待是能够增加你的身价的,除了等待之外是没有别的更好的撮合人了。假如你是丑的,那喝醉了的人的眼睛看起来就美丽了,而且夜足够掩饰住你的缺陷的。用你的指头撮取菜肴[393],吃得好看也是一种艺术,不要用没有干净的手去抹你的脸。在赴宴以前不要在家里先吃,可是在筵席上,却不要吃得太饱,要留一点胃口。假如泊里阿摩思的儿子[394]看见海伦拼命地大喝大嚼,他准会说:"我得到了一个多么傻的胜利啊!"稍稍喝些酒在女子是适宜的,维娜丝的儿子和巴古斯混在一起是很和谐的。可是你也应该叫你的头担当得起那酒,不要使你的聪敏和行动被弄昏,不要使你的眼睛看花了。一个女子喝得酩酊大醉而躺在地上,那是一个多么难看的怪现象啊!来一个人就可以把她取而得之的。在席上一瞌睡就要受危险的,瞌睡是冒犯贞操的好机会。

我很害羞讲下去,可是那好第奥奈[395]对我说:"那你所

---

393. 在那个时候人们还不用刀叉。
394. 指巴黎斯。
395. 维娜丝之母,此处指维娜丝。

害羞的正就是我们的事业。"每个女子须要认识自己，依照你的体格，你便选择各样的姿势，同样的姿态不是适合于一切的女子的。那脸子特别漂亮的女子应当仰卧着。那些满意自己的臀部的须得把自己的臀部显露出来。露岂娜[396]可曾遗下些皱纹在你的肚子上。那么，你也像那巴尔底人一样，反转了背交战着。米拉尼洪把阿达朗达的腿放在自己的肩上，假如你的腿是美丽，你便得照样地搁上去。矮小的女子应当取骑士的姿势；那身子很长的带白女子[397]，海克笃尔的妻子，从不跨在她的丈夫的身上，像跨在一匹马上一样的。那身体顾长的女子须得跪在床上，头稍向后弯。假如你的腿股有青春的爱娇，而你的胸膛也是完美的，那么男子应该直立着，而你便斜斜地躺在床上。取这种姿势的时候，不要怕羞。你须要把你的头发披散了，像跳神诸女一样，而且转着头飘散着你的头发。要尝维娜丝的欢乐有千姿百态，那最简单而最不吃力的方法就是半身侧卧在右面。可是那斐菩斯的三脚椅[398]，和生牛头的阿孟[399]都不能比我的缪斯给你更靠得住的启示，假如我的话有几句是值得相信的，你们便受我的教吧，这是一个久长的经验的结果，我的诗是不欺你们的。女子们，我愿维娜丝的欢乐一直透进你的骨髓里，又愿你和你的情郎分受着那种享乐！情话和琐语永远不要间断，而在你们的肉搏中，猥亵的话是应该夹进去的。即使像你这种老天吝于赋给爱情的幽欢的感觉的人，你也得假装着，用温柔的谎语，说你是感觉到那种幽欢的。那种生着麻木不仁的那能给男女以快感的器官的女子，是多么可怜啊！可是

396. Lucina，司生育的女神，是裘娜或第阿娜别名。
397. 指盎特罗玛黑，见卷二注109。她生在米西阿的带白。
398. 是一种三只脚的椅子，在那上面，代尔非Delphi的女巫（Pythia）启示神意。
399. Ammon，一个利比阿Libya的神祇，在罗马为人所崇奉，称为裘比德阿孟Jupiter Ammon。

这种矫饰切不要被发现出来；要使你的动作和你的眼睛的表情帮助你来欺骗我们!放荡，软语和喘息是会给人一种幻觉的。我讲下去有点害羞了，这个器官也有它自己的秘密的表情。在那维娜丝的幽欢之后去向情郎要求赠物，那是用不到什么重大的恳求的。我忘记说了：在卧房里不要让光线从窗里透进来，你的身体的好多部分是不能在日光下被人看见的。

我的废话已讲完：现在已是走下那天鹅驾着的车子了的时候[400]。正如从前男子们一样，现在女子们，我的女弟子，在她们的战利品上这样写："沃维提乌思是我们的老师。"

---

400. 在诗歌上，维娜丝是常常被描写着驾着天鹅的车的。我们这位恋爱大诗人沃维提乌思很有资格坐在那位维娜丝女神身旁的。

散 文

记马德里的书市

无匹的散文家阿索林，曾经在一篇短文中，将法国的书店和西班牙的书店，作了一个比较。他说：

"在法兰西，差不多一切书店都可以自由地进去，行人可以披览书籍而并不引起书贾的不安；书贾很明白，书籍的爱好者不必常常要购买，而他的走进书店去，也并不目的是为了买书；可是，在翻阅之下，偶然有一部书引起了他的兴趣，他就买了它去。在西班牙呢，那些书店都是像神圣的圣体龛子那样严封密闭着的，而一个陌生人走进书店里去，摩挲书籍，翻阅一会儿，然后又从来路而去这等的事，那简直是荒诞不经，闻所未闻的。"

阿索林对于他本国书店的批评，未免过分严格一点。巴黎的书店也尽有严封密闭的，而马德里的书店之可以进出无人过问翻看随你的，却也不在少数。如果阿索林先生愿意，我是很可以列举出这两地的书店的名称来作证的。

公正地说，法国书贾对于顾客的心理研究得更深切一点。他们知道，常常来翻翻看看的人，临了总会买一两本回去的；如果这次不买，那么也许因为他对于那本书的作者还陌生，也许他觉得版本不够好，也许他身边没有带够钱，也许是他根本只是到书店来消磨一刻空闲的时间。而对于这些人，最好的办法是不理不睬，由他去翻看一个饱。如果殷勤招待，问长问短，那就反而招致他们的麻烦，因而以后就不敢常常来了。

的确，我们走进一家书店去，并不像那些学期开始时抄好书单的学生一样，先有了成见要买什么书的。我们看看某个或某个作家是不是有新书出版；我们看看那已在报上刊出广告来的某一本书，内容是否和书评符合；我们把某一部书的版本，和我们已有的同一部书的版本作一比较；或仅仅是我们约了一位朋友在三点钟会面，而现在只是两点半。走进一家书店去，在我们就像别的人们踏进一家咖啡店一样，其目的并不在喝一杯苦水也。因此我们最怕主人的殷勤。第一，他分散了你的注意力，使你不得不想出话去应付他；其次，他会使你警悟到一种歉意，觉得这样非买一部书不可。这样，你全部的闲情逸致就给他们一扫而尽了。你感到受人注意着，监视着，感到担着一重义务，负着一笔必须偿付的债了。

西班牙的书店之所以受阿索林的责备，其原因是不明顾客的心理。他们大都是过分殷勤讨好。他们的态度是绝对没有恶意的，然而对于顾客所发生的效果，却适得其反。记得1934年在马德里的时候，一天闲着没事，到最大的"爱斯巴沙加尔贝书店"去浏览，一进门就受到殷勤的店员招待，陪着走来走去，问长问短，介绍这部，推荐那部，不但不给一点空闲，连自由也没有了。自然不好意思不买，结果选购了一本廉价的奥尔德加伊加赛德的小书，满身不舒服地辞了出来。自此以后，就不敢再踏进门槛去了。

在"文艺复兴书店"也遇到类似的情形，可是那次却是硬着头皮一本也不买走出来的。而在马德里我买书最多的地方，却反而是对于主顾并不殷勤招待的圣倍拿陀大街的"迦尔西亚书店"，王子街的"倍尔特朗书店"，特别是"书市"。

"书市"是在农工商部对面的小路沿墙一带。从太阳门出发，经过加雷达思街，沿着阿多恰街走过去，走到南火车站附近，在左面，我们碰到了那农工商部，而在这黑黝黝的建筑的对面小路口，我们就看到了几个黑墨写着的字：LA FERIA DE LOS LIBROS，那意思就是书市。在往时，据说这传统书市是在农工商部对面的那一条宽阔的林荫道上的,而我在马德里的时候,它却的确移到小路上去了。

这传统的书市是在每年的九月下旬开始,十月底结束的。在这些秋高气爽的日子,到书市中去漫步一下,寻寻,翻翻,看看那些古旧的书,褪了色的版画,各色各样的印刷品,大概也可以算是人生的一乐吧。书市的规模并不大,一列木板盖搭的,肮脏,杂乱的小屋,一共有十来间。其中也有一两家兼卖古董的,但到底卖书的还是占着极大的多数。而使人更感到可喜的,便是我们可以随便翻看那些书籍而不必负起任何购买的义务。

新出版的诗文集和小说,是和羊皮或小牛皮封面的古本杂放在一起。当你看见圣女戴蕾沙的《居室》和共产主义诗人阿尔倍谛的诗集对立着,古代法典《七部》和《马德里卖淫业调查》并排着的时候,你一定会失笑吧。然而那迷人之处,却正存在于这种杂乱和漫不经心之处。把书籍分门别类,排列得整整齐齐,是会使人不敢随便抽看的,为的是怕捣乱了人家固有的秩序,如果本来就这样乱七八糟,我们就百无顾忌了。再说,旧书店的好处就在其杂乱,杂乱而后见繁复,繁复而后生趣味。如果你能够从这一大堆的混乱之中发现出一部正是你所踏破铁鞋无觅处的书来,那是怎样大的喜悦啊!

书价便宜是那里最大的长处。书店要卖七个以至十个贝色达的书,在那里出两三个贝色达就可从携归了。寒斋的阿耶拉全集,阿索林、乌拿莫诺巴罗哈、瓦列英克朗、米罗等现代作家的小说和散文集,洛尔迦、阿尔倍谛、季兰、沙里拿思等当代诗人的诗集,珍贵的小杂志,都是从那里陆续买得的。我现在也还记得那第三间木舍的被人叫做华尼多大叔的须眉皆白的店主。我记得他,因为他的书籍的丰富,他的态度的和易,特别是因为那个在书城中,张大了青色忧悒的眼睛望着远方的云树的,他的美丽的孙女儿。

我在马德里的大部分闲暇的时间,甚至在发生革命,街头枪声四起,铁骑纵横的时候,也都是在书市的故纸堆里消磨了的。在傍晚,听着南火车站的汽笛声,踏着疲倦的步子,臂间挟着厚厚的已绝版的赛哈道的《赛房德思辞典》或是薄薄的阿版的赛哈道的尔多拉季雷的签字本诗集,慢慢地沿着灯光已明的阿多恰大街,越过熙来攘往的太阳门广场,慢慢地踱回寓所去,这种乐趣恐怕是很少有人能够领略的吧。

然而十月在不知不觉之中快流尽了。树叶子开始凋零,夹衣在风中也感到微寒了。马德里的残秋是忧郁的,有几天简直不想闲逛了。公寓生活是有趣的,和同寓的大学生聊聊天,和舞姬调调情,就很快地过了几天。接着,有一天你打叠起精神,再踱到书市去,想看看有什么合意的书,或仅仅看看那青色的忧悒的眼睛。可是,出乎意外地,那些木屋都已紧闭着了。小路显得更宽敞一点更清冷一点,南火车站的汽笛声显得更频繁而清晰一点。而在路上,凋零的残叶夹杂着纸片书页,给冷冷的风寂寞地吹了过来,又吹了过去。

香港的旧书市

这里有生意经，也有神话。

香港人对于书的估价，往往是会使外方人吃惊的。明清善本书可以论斤称，而一部极平常的书却会被人视为稀世之珍。一位朋友告诉我，他的亲戚珍藏着一部《中华民国邮政地图》，待价而沽，须港币五千元（合国币四百万元）方肯出让。这等奇闻，恐怕只有在那个小岛上听得到吧。版本自然更谈不到，"明版康熙字典"一类的笑谈，在那里也是家常便饭了。

这样的一个地方，旧书市的性质自然和北平、上海、苏州、南京等地不同。不但是规模的大小而已，就连收买的方式和售出的对象，也都有很大的差别。那里卖旧书的仅是一些变相的地摊，沿街靠壁钉一两个木板架子，搭一个避风雨的遮棚，如此而已。收书是论斤断秤的，道林纸和报纸印的书每斤出售约港币一二毫，而全张报纸的价钱却反而高一倍；有硬面书皮的洋装书更便宜一点，因为纸板"重秤"，中国纸的线装书，出到一毫一斤就是最高的价钱了。他们比较肯出价钱的倒是学校用的教科书，簿记学书，研究养鸡养兔的书等等，因为要这些书的人是非购不可的，所以他们也就肯以高价收入了。其次是医科和工科用书，为的是转运内地可以卖很高的价钱。此外便剩下"杂书"，只得卖给那些不大肯出钱的他们所谓"藏家"和"睇家"了。他们最大的主顾是小贩。这并不是说香港小贩最深知读书之"实惠"的人，在他们是无足重轻的。

旧书摊最多的是皇后大道中央戏院附近的楼梯街，现在共有五个摊子。从大道拾级上去，左手第一家是"龄记"，管摊的是一个十余岁的孩子（他父亲则在下面一点公厕旁边摆废纸摊），年纪最小，却懂得许多事。著《相对论》的是爱因斯坦，哥德是德国大文豪，他都头头是道。日寇占领香港后，这摊子收到了大批德日文学书，现在已卖得一本也不剩，又经过了一次失窃，现在已经没有什么好东西了。隔壁是"焯记"，摊主是一个老实有礼貌的中年人，专卖中国铅印书，价钱可不便宜，不看也没有什么关系。他对面是"季记"，管摊的是姐妹二人。到底是女人，收书卖书都差点功夫。虽则有时能看顾客的眼色和态度见风使舵，可是索价总嫌"离谱"（粤语不合分寸）一点。从前还有一些四部丛刊零本，现在却单靠卖教科书和字帖了。"季记"隔壁本来还有"江培记"，因为生意不好，已把存货秤给鸭巴甸街的"黄沛记"，摊位也顶给卖旧铜烂铁的了。上去一点，在摩罗街口，是"德信书店"，虽号称书店，却仍旧还是一个摊子。主持人是一对少年夫妇，书相当多，可是也相当贵。他以为是好书，就一分钱不让价，反之，没能被他注意的书，讨价之廉竟会使人不相信。"格吕尼"版的波德莱尔的《恶之华》和翰波的《作品集》，两册只讨港币一元，希米忒的《莎士比亚字典》会论斤秤给你，这等事在我们看来，差不多有点近乎神话了。"德信书店"隔壁是"华记"。虽则摊号仍是"华记"，老板却已换过了。原来的老板是一家父母兄弟四人，在沦陷期中旧书全盛时代，他们在楼梯街竟拥有两个摊子之多。一个是现在这老地方,一个是在"焯记"隔壁,现在已变成旧衣摊了。因为来路稀少,顾客不多,他们便把滞销的书盘给了现在的管摊人,带着好销一些的书到广州去开店了,听说生意还不错呢。现在的"华记"已不如从前远甚,可是因为地利的关系(因为这是这条街第一个摊子,经荷里活道拿下旧书来卖的,第一先经过他的手,好的便宜的,他有选择的优先权),有时还有一点好东西。

在楼梯街,当你走到了"华记"的时候,书市便到了尽头。那时你便向左转,沿着荷里活道走两三百步,于是你便走到鸭巴甸街口。

鸭巴甸街的书摊名声还远不及楼梯街的大,规模也比较小一点,书类也比较新一点。可是那里的书,一般地说来,是比较便宜点。下坡左首第一家是"黄沛记",摊主是世业旧书的,所以对于木版书的知识,是比其余的丰富得多,可是对于西文书,就十分外行了。在各摊中,这是取价最廉的一个。他抱着薄利多销主义,所以虽在米珠薪桂的时期,虽则有八口之家,他还是每餐可以饮二两双蒸酒。可是近来他的摊子上也没有什么书,只剩下大批无人过问的日文书,和往日收下来的磁器古董了。"黄沛记"对面是"董莹光",也是鸭巴甸街的一个老土地。可是人们却称呼他为"大光灯"。大光灯意思就是煤油打气灯。因为战前这个摊子除了卖旧书以外还出租煤油打气灯。那些"大光灯"现在已不存在了,而这雅号却留下来。"大光灯"的书本来是不贵的,可是近来的索价却大大地"离谱"。据内中人说,因为有几次随便开了大价,居然有人照付了,他卖出味道来,以后就一味地上天讨价了。从"董莹光"走下几步,开在一个店铺中的,是"萧建英"。如果你说

他是书摊，他一定会跳起来。因为在楼梯街和鸭巴甸街这两条街上，他是唯一有店铺的——虽则是极其简陋的店铺。管店的是兄弟二人。那做哥哥的人称之为"高佬"，因为又高又瘦。他从前是送行情单的，路头很熟，现在也差不多整天不在店，却四面奔走着收书。实际上在做生意的是他的十四五岁的弟弟。虽则还是一个孩子，做生意的本领却比哥哥更好，抓定了一个价钱之后，你就莫想他让一步。所以你想便宜一点，还是和"高佬"相商。因为"高佬"收得勤，书摊是常常有新书的。可是，近几月以来，因为来源涸绝，不得不把店面的一半分租给另一个专卖翻版书的摊子了。

在现在的"萧建英"斜对面，战前还有一家"民生书店"，是香港唯一专卖线装古书的书店，而且还代顾客装潢书籍，号书根。工作不能算顶好，可是在香港却是独一无二的。不幸在香港沦陷后就关了门，现在，如果在香港想补裱古书，除了送到广州去以外就毫无办法了。

鸭巴甸街的书摊尽于此矣，香港的书市也就到了尽头了。此外，东碎西碎还有几家书摊，如中环街市旁以卖废纸为主的一家，西营盘兼卖教科书的"肥林"，跑马地黄泥甬道以租书为主的一家，可是绝少有可买的书，奉劝不必劳驾。再等而下之，那就是禧利街晚间的地道的地摊子了。

巴黎的书摊

在滞留巴黎的时候,在羁旅之情中可以算做我的赏心乐事的有两件:一是看画,二是访书。在索居无聊的下午或傍晚,我总是出去,把我迟迟的时间消磨在各画廊中和河沿上的。关于前者,我想在另一篇短文中说及,这里,我只想来谈一谈访书的情趣。

其实,说是"访书",还不如说在河沿上走走或在街头巷尾的各旧书铺进出而已。我没有要觅什么奇书孤本的蓄心,再说,现在已不是在两个铜元一本的木匣里翻出一本Patissier Francois的时候了。我之所以这样做,无非为了自己的癖好,就是摩挲观赏一回空手而返,私心也是很满足的,况且薄暮的赛纳河又是这样地窈窕多姿!

我寄寓的地方是Rue de l'Echaudé,走到赛纳河边的书摊,只须沿着赛纳路步行约莫三分钟就到了。但是我不大抄这近路,这样走的时候,赛纳路上的那些画廊总会把我的脚步牵住的,再说,我有一个从头看到尾的癖,我宁可兜远路顺着约可伯路、大学路一直走到巴克路,然后从巴克路走到王桥头。

赛纳河左岸的书摊,便是从那里开始的,从那里到加路赛尔桥,可以算是书摊的第一个地带,虽然位置在巴黎的贵族的第七区,却一点也找不出冠盖的气味来。在这一地带的书摊,大约可以分这几类:第一是卖廉价的新书的,大都是各书店出清的底货,价钱的确公道,只是要你会还价,例如旧书铺

里要卖到五六百法郎的勒纳尔（J.Renard）的《日记》，在那里你只须花二百法郎光景就可以买到，而且是崭新的。我的加棱所译的赛尔房德里的《模范小说》，整批的《欧罗巴杂志丛书》，便都是从那儿买来的。这一类书在别处也有，只是没有这一带集中吧。其次是卖英文书的，这大概和附近的外交部或奥莱昂车站多少有点关系吧。可是这些英文书的买主却并不多，所以花两三个法郎从那些冷清清的摊子里把一本初版本的《万牲园里的一个人》带回寓所去，这种机会，也是常有的。第三是卖地道的古版书的，十七世纪的白羊皮面书，十八世纪饰花的皮脊书等等，都小心地盛在玻璃的书柜里，上了锁，不能任意地翻看，其他价值较次的古书，则杂乱地在木匣中堆积着。对着这一大堆你挨我挤着的古老的东西，真不知道如何下手。这种书摊前比较热闹一点，买书大多数是中年人或老人。这些书摊上的书，如果书摊主是知道值钱的，你便会被他敲了去，如果他不识货，你便占了便宜来。我曾经从那一带的一位很精明的书摊老板手里，花了五个法郎买到一本一七六五年初版本的Du Laurens的Imirce，至今犹有得意之色：第一因为Imirce是一部禁书，其次这价钱实在太便宜也。第四类是卖淫书的，这种书摊在这一带上只有一两个，而所谓淫书者，实际也仅仅是表面的，骨子里并没有什么了不得，大都是现代人的东西，写来骗骗人的。记得靠近王桥的第一家书摊就是这一类的，老板娘是一个四五十岁的老婆，当我有一回逗留了一下的时候，她就把我当做好主顾而怂恿我买，使我留下极坏的印象，以后就敬而远之了。其实那些地道的"珍秘"的书，如果你不愿出大价钱，还是要费力气角角落落去寻的，我曾在一家犹太人开的破货店里一大堆废书中，翻到过一本原文的Cleland的Fanny Hill，只出了一个法郎买回来，真是意想不到的事。

从加路赛尔桥到新桥，可以算是书摊的第二个地带。在这一带，对面的美术学校和钱币局的影响是显著的。在这里，书摊老板是兼卖板画图片的，有时小小的书摊上挂得满目琳琅，原张的蚀雕，从书本上拆下的插图，戏院的招贴，花卉鸟兽人物的彩图，地图、风景片，大大小小各色俱全，反而把书列居次位了。在这些书摊上，我们是难得碰到什么值得一翻的书的，书都破旧不堪，满是灰尘，而且有一大部分是无用的教科书，展览会和画商拍卖的目录。此外，在这一带我们还可以发现两个专卖旧钱币纹章等而不卖书的摊子，夹在书摊中间，作一个很特别的点缀。这些卖画卖钱币的摊子，我总是望望然而去之的。（记得有一天一位法国朋友拉着我在这些钱币摊子前逗留了长久，他看得津津有味，我却委实十分难受，以后到河沿上走，总不愿和别人一道了。）然而在这一带却也有一两个很好的书摊子。一个摊子是一个老年人摆的，并不是他的书特别比别人丰富，却是他为人特别和气，和他交易，成功的回数居多。

我有一本高克多（Coclcau）亲笔签字赠给诗人费尔囊·提华尔（Fernand Divoire）的Le Grund Ecurt，便是从他那儿以极廉的价钱买来的，而我在加里马尔书店买的高克多亲笔签名赠给诗人法尔格（Fargue）的初版本Opéra，却使我化了七十法郎。但是我相信这是他错给我的，因为书是用蜡纸包封着，他没有拆开来看一看；看见了那献辞的时候，他也许不会这样便宜卖给我。另一个摊子是一个青年人摆的，书的选择颇精，大都是现代作品的初版和善本，所以常常得到我的光

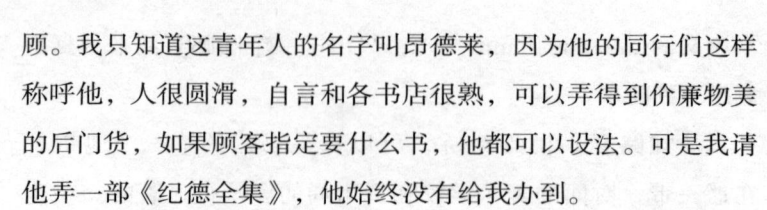

顾。我只知道这青年人的名字叫昂德莱，因为他的同行们这样称呼他，人很圆滑，自言和各书店很熟，可以弄得到价廉物美的后门货，如果顾客指定要什么书，他都可以设法。可是我请他弄一部《纪德全集》，他始终没有给我办到。

可以划在第三地带的是从新桥经过圣米式尔场到小桥这一段。这一段是赛纳河左岸书摊中的最繁荣的一段。在这一带，书摊比较都整齐一点，而且方便也多一点，太太们家里没事想到这里来找几本小说消闲，也有；学生们贪便宜想到这里来买教科书参考书，也有；文艺爱好者到这里来寻几本新出版的书，也有；学者们要研究书，藏书家要善本书，猎奇者要珍秘书，都可在这一带获得满意而回。在这一带，书价是要比他处高一些，然而总比到旧书铺里去买便宜。健吾兄觅了长久才在圣米式尔大场的一家旧书店中觅到了一部《龚果尔日记》，化了六百法郎喜欣欣的捧了回去，以为便宜万分，可是在不久之后我就在这一带的一个书摊上发现了同样的一部，而装订却考究得多，索价就只要二百五十法郎，使他悔之不及。可是这种事是可遇而不可求的，跑跑旧书摊的人第一不要抱什么一定的目的，第二要有闲暇有耐心，翻得有劲儿便多翻翻，翻倦了便看看街头熙来攘往的行人，看看旁边赛纳河静静的逝水，否则跑得腿酸汗流，眼花神倦，还是一场没结果回去。话又说远了，还是来说这一带的书摊吧。我说这一带的书较别带为贵，也不是胡说的，例如整套的Echanges杂志，在第一地带中买只须十五个法郎，这里却一定要二十个，少一个不卖；当时新出版原价是二十四法朗的Céline的Voyage au bout de la nuit，在那里买也非十八法郎不可，竟只等于原价的七五折。这些情形有时会令人生气，可是为了要读，也不得不买回去。价格最高的是靠近圣米式尔场的那两个专卖教科书参考书的摊子。学生们为了要用，也不得不硬了头皮去买，总比买新书便宜点。

我从来没有做过这些摊子的主顾，反之他们倒做过我的主顾。

因为我用不着的参考书，在穷极无聊的时候总是拿去卖给他们的。这里，我要说一句公平话：他们所给的价钱的确比季倍尔书店高一点。这一带专卖近代善本书的摊子只有一个，在过了圣米式尔场不远快到小桥的地方。摊主是一个不大开口的中年人，价钱也不算顶贵，只是他一开口你就莫想还价，就是答应你也是相差有限的，所以看着他陈列着的《泊鲁思特全集》，插图的《天方夜谭》全译本，Chirico插图的阿保里奈尔的Calligrammes，也只好眼红而已。在这一带，诗集似乎比别处多一些，名家的诗集花四五个法郎就可以买一册回去，至于较新一点的诗人的集子，你只要到一法郎或甚至五十生丁的木匣里去找就是了。

我的那本仅印百册的Jean Gris插图的Reverdy的《沉睡的古琴集》，超现实主义诗人Gui Rosey的《三十年战争集》等等，便都是从这些廉价的木匣子里翻出来的。还有，我忘记说了，这一带还有一两个专卖乐谱的书铺，只是对于此道我是门外汉，从来没有去领教过罢。

从小桥到须里桥那一段，可以算是河沿书摊的第四地带，也就是最后的地带。从这里起，书摊便渐渐地趋于冷落了。在近小桥的一带，你还可以找到一点你所需要的东西，例如有一个摊子就有大批N.R.F.和Crassct出版的书，可是那位老板娘讨价却实在太狠，定价十五法郎的书总要讨你十二三个法郎，而且又往往要自以为在行，凡是她心目中的现代大作家，如摩里向克，摩洛阿，爱眉（Ayme）等，就要敲你一笔竹杠，一点也不肯让价；反之，像拉尔波，茹昂陀，拉第该，阿朗等优秀作家的作品，她倒肯廉价卖给你。从小桥一带再走过去，便每况愈下了。起先是虽然没有什么好书，但总还能维持河沿书摊的尊严的摊子，以后呢，卖破旧不堪的通俗小说杂志的也有了，卖陈旧的教科书和一无用处的废纸的也有了，快到须里桥那一带，竟连卖破铜烂铁，旧摆设，假古董的也有了；而那些摊子的主人呢，他们的样子和那在下面赛纳河岸上喝劣酒，钓鱼或睡午觉的街头巡阅使（Clochard），简直就没有什么大两样。到了这个时候，巴黎左岸书摊的气运已经尽了，你的腿也走乏了，你的眼睛也看倦了，如果你袋中尚有余钱，你便可以到圣日尔曼大街口的小咖啡店里去坐一会儿，喝一杯儿热热的浓浓的咖啡，然后把你沿路的收获打开来，预先摩挲一遍，否则如果你已倾了囊，那么你就走上须里桥去，倚着桥栏，俯看那满载着古愁并饱和着圣母祠的钟声的，赛纳河的悠悠的流水，然后在华灯初上之中，闲步缓缓归去，倒也是一个经济而又有诗情的办法。

说到这里，我所说的都是赛纳河左岸的书摊，至于右岸的呢，虽则有从新桥到沙德莱场，从沙德莱场到市政厅附近这两段，可是因为传统的关系，因为所处的地位的关系，也因为货色的关系，它们都没有左岸的重要。只在走完了左岸的书摊尚有余兴的时候或从卢佛尔（Louvre）出来的时候，我才顺便去走走，虽然间有所获，如查拉的 L'homme approximatif 或卢梭（Henri Rousseau）的画集，但这是极其偶然的事；通常，我不是空手而归，便是被那街上的鱼虫花鸟店所吸引了过去。所以，原意去"访书"而结果买了一头红头雀回来，也是有过的事。

山居杂缀

山　风

窗外，隔着夜的帏幪，迷茫的山岚大概已把整个峰峦笼罩住了吧。冷冷的风从山上吹下来，带着潮湿，带着太阳的气味，或是带着几点从山涧中飞溅出来的水，来叩我的玻璃窗了。

敬礼啊，山风！我敞开门窗欢迎你，我敞开衣襟欢迎你。

抚过云的边缘，抚过崖边小花，抚过有野兽躺过的岩石，抚过缄默的泥土，抚过歌唱的泉流，你现在来轻轻地抚我了。说啊，山风，你是否从我胸头感到了云的飘忽，花的寂寥，岩石的坚实，泥土的沉郁，泉流的活泼？你会不会说：这是一个奇异的生物！

雨

雨停止了，檐溜还是叮叮地响着，给梦拍着柔和的拍子，好像在江南的一只乌篷船中一样。"春水碧如天，画船听雨眠"，韦庄的词句又浮到脑中来了。奇迹也许突然发生了吧，也许我也被魔法移到苕溪或是西湖的小船中了吧……

然而突然，香港的倾盆大雨又降下来了。

树

路上的列树已斩伐尽了，疏疏朗朗地残留着可怜的树根。路显得宽阔了一点，短了一点，天和人的距离似乎更接近了。太阳直射到头顶上，雨淋到身上……是的，我们需要阳光，但是我们也需要阴荫啊！早晨鸟雀的啁啾声没有了，傍晚舒徐的散步没有了。空虚的路，寂寞的路！

离门前不远的地方，本来有棵合欢树，去年秋天，我也还采过那长长的荚果给我的女儿玩的。它曾经婷婷地站立在那里；高高地张开它的青翠的华盖一般的叶子，寄托了我们的梦想，又给我们以清阴。而现在，我们却只能在虚空之中，在浮着云片的青空的背景上，徒然地描着它的青翠之姿了。像这样夏天的早晨，它的鲜绿的叶子和火红照眼的花，会给我们怎样的一种清新之感啊！它的浓荫之中藏着雏鸟的小小的啼声，会给我们怎样的一种喜悦啊！想想吧，它的消失对于我是怎样地可悲啊。

抱着幼小的孩子，我又走到那棵合欢树的树根边来了。锯痕已由淡黄变成黝黑了，然而年轮却还是清清楚楚的，并没有给苔藓或是芝菌侵蚀去。我无聊地数着这一圈圈的年轮；四十二圈！正是我的年龄。它和我度过了同样的岁月，这可怜的合欢树！

树啊，谁更不幸一点，是你呢，还是我？

失去的园子

跋涉的挂虑使我失去了眼界的辽阔和余暇的寄托。我的意思是说，自从我怕走漫漫的长途而移居到这中区的最高一条街以来，我便不再能天天望见大海，不再拥有一个小圃了。屋子后面是高楼，前面是更高的山，门临街路，一点隙地也没有。从此，我便对山面壁而居，而最使我怅惘的，特别是旧居中的那一片小小的园子，那一片由我亲手拓荒，耕耘，施肥，播种，灌溉，收获过的贫瘠的土地。那园子临着海，四周是苍翠的松树，每当耕倦了，抛下锄头，坐到松树下面去，迎着从远处渔帆上吹来的风，望着辽阔的海，就已经使人心醉了。何况它又按着季节，给我们以意外丰富的收获呢？

可是搬到这里以后，一切都改变了，载在火车上和书籍一同搬来的耕具：锄头，铁耙，铲子，尖锄，除草耙，移植铲，灌溉壶等等，都冷落地被抛弃在天台上，而且生了锈。这些可怜的东西！它们应该像我一样地寂寞吧。

好像是本能地，我不时想着："现在是种蕃茄的时候了"，或是"现在玉蜀黍可以收获了"，或是"要是我能从家乡弄到一点蚕豆种就好了！"我把这种思想告诉了妻，于是她就提议说："我们要不要像邻居那样，叫人挑泥到天台上去，在那里开一个园地？"可是我立刻反对，因为天台是那么小，而且阳光也那么少，给四面的高楼遮住了。于是这计划打消了，而旧园的梦想却仍旧继续着。

大概看到我常常为这种思想困恼着吧，妻在偷偷的活动着。于是，有一天，她高高兴兴地来对我说："你可以有一个真正的园子了。你不看见我们对邻有一片空地吗？他们人少，种不了许多地，我已和他们商量好，划一部分地给我们种，水也很方便。现在，你说什么时候开始吧。"

她一定以为会给我一个意外的喜悦的，可是我却含糊地应着，心里想："那不是我的园地，我要我自己的园地。"可是为了不要使妻太难堪，我期期地回答她："你不是劝我不要太疲劳吗？你的话是对的，我需要休息。我们把这种地的计划打消了吧。"

在一个边境的站上

——西班牙旅行记之三

夜间十二点半从鲍尔陀开出的急行列车,在清晨六点钟到了法兰西和西班牙的边境伊隆。在朦胧的意识中,我感到急骤的速率宽弛下来,终于静止了。有人在用法西两国语言报告着:"伊隆,大家下车!"

睁开睡眼向车窗外一看,呈在我眼前的只是一个像法国一切小车站一样的小车站而已。冷清清的月台,两三个似乎还未睡醒的搬运夫,几个态度很舒闲地下车去的旅客。我真不相信我已到了西班牙的边境了,但是一个声音却在更响亮地叫过来:

"伊隆,大家下车!"

匆匆下了车,我第一个感到的就是有点寒冷。是侵晓的气冷呢,是新秋的薄寒呢,还是从比雷奈山间夹着雾吹过来的山风?我翻起了大氅的领,提着行囊就望出口走。

走出这小门就是一间大敞间,里面设着一圈行李检查台和几道低木栅,此外就没有什么别的东西。这是法兰西和西班牙的交界点,走过了这个敞间,那便是西班牙了。我把行李照别的旅客一样地放在行李检查台上,便有一个检查员来翻看了一阵,问我有什么报税的东西,接着在我的提箱上用粉笔划了一个字,便打发我走了。再走上去是护照查验处。那是一个像车站上卖票处一样的小窗洞。电灯下面坐着一个留着胡子的中年人。单看他的炯炯有光的眼睛和他手头的那本厚厚的大册子,你就会感到不安了。我把护照递给了他。他翻开来看了看里昂西班牙领事的签字,把护照上的照片看了一下,向我好奇地看了一眼,问了我一声到西班牙的目的,把我的姓名录到那本大册子中去,在护照上捺了印;接着,和我最初的印象相反地,他露出微笑来,把护照交还了我,依然微笑着对我说:

"西班牙是一个可爱的地方,到了那里你会不想回去呢。"

真的,西班牙是一个可爱的地方,连这个护照查验员也有他的固有的可爱的风味。

这样地,经过了一重木栅,我踏上了西班牙的土地。

过了这一重木栅,便好像一切都改变了:招纸,揭示牌,都用西班牙文写着,那是不用说的,就是刚才在行李检查处和搬运夫用沉浊的法国南部语音开着玩笑的工人型的男子,这时也用清朗的加斯谛略语和一个老妇人交谈起来。天气是显然地起了变化,暗沉沉的天空已澄碧起来,而在云里透出来的太阳,也驱散了刚才的薄寒,而带来了温煦。然而最明显的改变却是在时间上。在下火车的时候,我曾经向站上的时钟望过一眼:六点零一分。检查行李,验护照等事,大概要花去我半小时,那么现在至少是要六点半了吧。并不如此。在西班牙的伊隆站的时钟上,时针明明地标记着五点半。事实是西班牙的时间和法兰西的时间因为经纬度的不同而相差一小时,而当时在我的印象中,却觉得西班牙是永远比法兰西年轻一点。

因为是五点半,所以除了搬运夫和洒扫工役已开始活动外,车站上还是冷清清的。卖票处,行李房,兑换处,书报摊,烟店等等都没有开,旅客也疏朗朗地没有几个。这时,除

了枯坐在月台的长椅上或在站上往来蹩躞以外，你是没有办法消磨时间的。到浦尔哥斯的快车要在八点二十分才开。到伊隆镇上去走一圈呢，带着行李究竟不大方便，而且说不定要走多少路。

再说，这样大清早就是跑到镇上也是没有什么多大意思的。因此，把行囊散在长椅上，我便在这个边境的车站上踱起来了。

如果你以为这个国境的城市是一个险要的地方，扼守着重兵，活动着国际间谍，压着国家的、军事的大秘密，那么你就错误了。这只是一个消失在比雷奈山边的西班牙的小镇而已。

提着筐子，筐子里盛着鸡鸭，或是肩着箱笼，三三两两地来乘第一班火车的，是头上裹着包头布的山村的老妇人，面色黝黑的农民，白了头发的老匠人，像是学徒的孩子。整个西班牙小镇的灵魂都可以在这些小小的人物身上找到。而这个小小的车站，它也何尝不是十足西班牙底呢？灰色的砖石，黯黑的木柱子，已经有点腐蚀了的洋铅遮檐，贴在墙上在风中飘着的斑驳的招纸，停在车站尽头处的铁轨上的破旧的货车：这一切都向你说着西班牙的式微，安命，坚忍。西德（Cid）的西班牙，侗黄（Don Juon）的西班牙，吉诃德（Quixote）的西班牙，大仲马或梅里美心目中的西班牙，现在都已过去了，或者竟可以说本来就没有存在过。

的确，西班牙的存在是多方面的。第一是一切旅行指南和游记中的西班牙，那就是说历史上的和艺术上的西班牙。这个西班牙浓厚地渲染着釉彩，充满了典型人物。在音乐上、绘画上、舞蹈上、文学上，西班牙都在这个面目之下出现于全世界，而做着它的正式代表。一般人对于西班牙的观念，也是由这个代表者而引起的。当人们提起了西班牙的时候,你立刻会想到蒲尔哥斯的大伽蓝,格腊拿达的大食故宫,斗牛,当歌舞(Tago),侗黄式的浪子,吉诃德式的梦想者!塞赖丝谛拿(La Celestin)式的老虔婆,珈尔曼式的吉泊西女子,扇子,披肩巾,罩在高冠上的遮面纱等等,而勉强西班牙人做了你的想象底受难者;而当你到了西班牙而见不到那些开着悠久的岁月的绣花的陈迹,传说中的人物,以及你心目中的西班牙固有产物的时候,你会感到失望而作"去年白雪今安在"之喟叹。然而你要知道这是最表面的西班牙,它的实际的存在是已经在一片迷茫的烟雾之中,而行将只在书史和艺术作品中赓续它的生命了。西班牙的第二个存在是更卑微一点,更穆静一点。那便是风景的西班牙。的确,在整个欧罗巴洲之中,西班牙是风景最胜最多变化的国家。恬静而笼着雾和阴影的伐斯各尼亚,典雅而充溢着光辉的加斯谤拉,雄警而壮阔的昂达鲁西亚,煦和而明朗的伐朗西亚,会使人"感到心被窃获了"的清澄的喀达鲁涅。在西班牙,我们几乎可以看到欧洲每一个国家的典型。或则草木葱茏,山川明媚;或则大山为崭,峭壁幽深;或则古堡荒寒,团焦幽独;或则千罱澄碧,百里花香,这都是能使你目不暇接,而至于流连忘返的。这是更有实际的生命,具有易解性(除非是村夫俗子)而容易取好于人的西班牙。因为它开拓了你对于自然之美的爱好之心,而使你衷心地生出一种舒徐的、悠长的、寂寥的默想来。然而最真实的,最深沉的,因而最难以受人了解的却是西班牙的第三个存在。这个存在是西班牙的底奥,它蕴藏着整个西班牙,用一种静默的语言向你说着整个西班牙,代表着它的每日的生活,静默至于好像绝灭,可是如果你能够留意观察,用你的小心去理解,那么你就可以把握住这个卑微而静默的存在，特别是在那些小城中。这是一个式微的、悲剧的、现实的存在，没有光荣，没有梦想。现在，你在清晨或是午后走进任何一个小城去吧。你在狭窄的小路上，在深深的平静中徘徊着。阳光从静静的闭着门的阳台上坠下来，落着一个砌着碎石的小方场。什么也不来搅扰这寂静；街坊上的叫卖声在远处寂灭了，寺院的钟声已消沉下去了。你穿过小方场，经过一个作坊，一切任何作坊，铁匠底、木匠底或羊毛匠底。你伫立一会儿，看着他们带着那一种的热心，坚忍和爱操作着；你来到一所大屋子前面：半开着的门已朽腐了，门环上满是铁锈，涂着石灰的白墙已经斑驳或生满黑霉了，从门间，你望见了里面被野草和草苔所侵占了的院子。你当然不推门进去，但是在这墙后面，在这门里面，你会感到有苦痛、沉哀或不遂的愿望静静地躺着。你再走上去，街路上依然是沉静的，一个喷泉淙淙地响着，三两只鸽子振羽作声。一个老妇扶着一个女孩佝偻着走过。寺院的钟迟迟地响起来了，又迟迟地消歇了。……这就是最深沉的西班牙，它过着一个寒伧、静默、坚忍而安命的生活，但是它却具有怎样的使人充塞了深深的爱的魅力啊。而这个小小的车站呢，它可不是也将这奥秘的西班牙呈显给我们看了吗？

当我在车站上来往蹩躞着的时候，我心中这样地想着。在不知不觉之中，车站中已渐渐地有生气起来了。卖票处，烟摊，报摊，都已陆续地开了门，从镇上来的旅客们，也开始用他们的嘈杂的语音充满了这个小小的车站了。

我从我的沉思中走了出来，去换了些西班牙钱，到卖票处去买了里程车票，出来买了一份昨天的《太阳报》（El Sol），一包烟，然后回到安放着我的手提箱的长椅上去。

长椅上已有人坐着了,一个老妇人和几个孩子。一个,两个,三个,四个……一共是四个孩子。而且最大的一个十二岁的孩子,已经在开始一张一张地撕去那贴在我箱上的各地旅馆的贴纸了。我移开箱子坐了下来。这时候,便有两个在我看来很别致的人物出现了。

那是邮差,军人,和京戏上所见的文官这三种人物的混合体。他们穿着绿色的制服,佩着剑,头面上却戴着像乌纱帽一般的黑色漆布做的帽子。这制服的色彩和灰暗而笼罩着阴阴的尼斯各尼亚的土地以及这个寒伧的小车站显着一种异样的不调和,那是不用说的;而就是在一身之上,在这制服,佩剑,和帽子之间,也表现着绝端的不一致。"这是西班牙固有的驳杂底一部分吧",我这样想。

七点钟了。开到了一列火车,然而这是到桑当德尔(Santanter)去的。火车开了,车站一时又清冷起来,要等到八点二十分呢。

我静穆地望着铁轨,目光随着那在初阳之下闪着光的两条铁路的线伸展过去,一直到了迷茫的天际;在那里,我的神思便飘举起来了。